U0134510

舉頭西北浮雲，倚天萬里須長劍。

人言此地，夜深長見，斗牛光燄。

我覺山高，潭空水冷，月明星淡。

待燃犀下看，憑闌卻怕，風雷怒，魚龍慘。

峽束蒼江對起，過危樓、欲飛還歛。

元龍老矣！不妨高臥，冰壺涼簟。

千古興亡，百年悲笑，一時登覽。

問何人又卻，片帆沙岸，繫斜陽纜？

辛棄疾《水龍吟》

給　中國的同學們

新賣桔者言

張五常著

ARCADIA PRESS
花千樹

目錄

序

　　這本書用閑話家常的文字來處理司空見慣的現象。記得在舊《賣桔者言》的某次再版的引言中，我說該書的普及是因為它不「科」而教。這是區區在下的獨得之秘，當然保存着。當年可沒有想到，二十五年後的今天，老人家還是寶刀未老。

　　用真實世界的例子示範怎樣解釋世事，賣桔者的方法牽涉到的理論不多，也淺，不需要真的學過。意之所之地魂遊四方，怎樣觀察，怎樣調查，怎樣思考，怎樣推理，怎樣驗證，或多或少地說了一些。為了爭取比較全面的示範，我把題材分十二組處理。有些題材與經濟學沒有多大關係——例如《考古說》那一組——但處理的方法一樣，是科學的方法。

　　學問者，玩意也。既然是玩意，學問有趣。奇怪，同學們往往不懂得怎樣玩。為何如此說來話長，也不便說。不便說也要說的，是「成見」這個問題。學問這門玩意要為真理而執著，但成見避之則吉也。清除成見的法門是天真，而天真是對世事保持着長生不老的看法。讀者能夠每次看同樣的事，或面對同樣

的問題，彷彿是第一次遇上嗎？

不知道怎樣教清除成見的法門，但自己容易做到。我喜歡走進自己的天地。朋友不少，但我喜歡爭取獨自遐思的空間。仰慕戴維德，他家中沒有電視。我家中有電視，但自己不懂得怎樣按鍵打開。是在廣西逃難時培養出來的品性吧。當時七、八歲，我喜歡獨自在田野呆坐到夕陽西下，胡亂地想着些什麼。這習慣今天不改，只是呆坐的地方是舒適的房子了。我想，每次這樣做是把自己的腦子清洗一番，成見於是不驅而散。這可能是某些宗教的哲理，但我可不是個和尚，或什麼禪師的。天下美女如雲，老人家這裡那裡總要偷看一眼。

這集子的文章動筆的時間逾四分之一個世紀，讀者因而要注意每篇發表的日期。今天步入中年的國內朋友當時還是小孩子，感受不到昔日的辛酸。就是筆者重讀那些曾經被認為是新奇的、以實例示範產權及交易費用的重要性的文章，或神州初放時表達着的一絲希望，自己也有無限的感慨。當年可沒有想到，為這絲希望我後來以中文寫了幾百萬字。

張五常
二○○九年聖誕

新賣桔者言

引言：《新賣桔者言》的構思

二〇〇九年十一月二十四日

　　一九八四年經《信報》出版的《賣桔者言》是我平生最暢銷的書，重印或再版的次數算不出來了。同學們喜歡讀。幾年後四川的國內版刪除了好些文章，幾萬本一下子賣清光，是什麼原因不再印我懶得聽，也懶得管。據說四川之前國內曾經有手抄本，也據說曾經被選為若干本影響力最大的書之一。

　　當年的《賣桔者言》今天有着它自己的生命，作者再管不着了。彷彿長大了的孩子離家而去，為父的怎可以管呢？該書的名字取自明人劉伯溫的《賣柑者言》，改一個字。劉前輩沒有真的賣過柑；我卻真的賣過桔。《賣桔者言》是書中一篇文章的名目，選出來作為書名。雖然書中的文章一般可讀，但二十五年後的今天回顧，讀者最喜愛的還是那篇《賣桔者言》。有點新鮮感吧：一位大教授帶着一群學生在香港街頭賣桔，有證有據地推翻了經濟學傳統的大名鼎鼎的價格分歧理論。你說過癮不過癮？

　　《賣桔》一文對同學們的感染力使我意識到經濟學

17

應該怎樣處理才對，而這些年我也往往朝着這方向動筆。然而，有不少其他較為迫切的話題——例如關於中國的經改——《賣桔者言》那類作品就少寫了。有時為了一舒胸懷，我喜歡寫些與經濟扯不上關係的散文。今天回顧，在專欄這玩意上我下的棋子是走錯了一着的。

不久前，替我管理博客的同學（下稱博管）被邀請到四川一個名叫自貢的地方講話，講我寫的《中國的經濟制度》。事後告訴我，自貢很多青年學習我的經濟學，因為認為可以用。聽來有點誇張，但博管跟着在網上發表她的自貢之行後，其他地方的讀者的一般回應也說在學張五常的經濟學，又是因為認為可以用。

這就帶來一些重要的問題。學經濟不是為了可以應用嗎？不是有數之不盡的書的名目說是「實用」或「應用」的經濟學嗎？為什麼博管的自貢行惹來的回響，只是區區在下的經濟學可以用，沒有提及其他？我自己當年學經濟當然希望可以用，而跟着老老實實地用個不停。但我只管用自己學得然後改進了的，沒有考慮他家的可不可以用。本是同根生，怎麼會在應用的實踐上我走的路跟行家們走的有那麼大的分離呢？

為這些問題我想了幾天，得到的解釋是大家在科學方法上有分歧。有兩方面。

　　第一方面，行內眾君子寫的「實用」或「應用」經濟學，一般是以理論分析為起點，然後引用真實世界的例子作示範。我是倒轉過來，先以一個自己認為是有趣的真實世界現象為起點，然後用經濟學的理論分析。看似相同，這二者其實有大差別。前者是求對，後者是求錯。換言之，前者是先搞好了理論，然後找實例支持。這是求對。後者呢？先見到一個需要解釋的真實現象，然後以理論作解釋，在思考的過程中研究的人無可避免地要找反證的實例。這是求錯。找不到反證的實例，理論就算是被認可（confirmed）了。理論永遠不可以被事實證實（cannot be proved by facts），只可以被認可（can be confirmed by facts）。找不到事實推翻就是認可，這是科學方法的一個重點，我在《科學說需求》的第一章——《科學的方法》——有詳盡的解釋。我要讀到博管同學的自貢行帶來的回響，才察覺到「求對」的科學沒有多大實際用場。不是完全沒有，而是有了理論之後才把實例塞進去，這樣處理的工具很難學得怎樣用。不客氣地說，寫「實用」或「應用」經濟學的君子們，大多數自己也不知道怎樣用。先搞理論然後找實例支持算不上是用理論作解釋。

　　第二方面，也關於科學方法，是看不到則驗不着。我喜歡用簡單的經濟理論：一條需求定律，把局限的轉變化為價格或代價的轉變。只此而已。當然，能達到得心應手的境界需要花長時日。這裡不細說。

要說的，是任何科學推出來的假說——甲的出現會導致乙的出現——甲與乙一定要是可以觀察到的才可以驗證。說什麼動機，什麼恐嚇、卸責、偷懶、勒索、博弈遊戲、機會主義，等等，一般不是實物，無從觀察，所以無從以這些術語連篇的理論推出可以被事實驗證的假說來。不是說這些理論沒有道理，或不可信，但基於無從觀察的術語或概念發展出來的理論是在說故事，沒有科學的解釋力。

是的，在經濟科學的範疇內，我連行內盛行的「效用」（utility，我喜歡翻為「功用」）也不用。這個邊沁發明的概念，看不到，真實世界不存在，可以不用當然不要用了。專家們無疑可以加進方程式把「功用」分析弄得出神入化，但轉到真實世界他們失誤頻頻，很尷尬的。另一方面，科學的起點總要有些不是實物的概念或假設為起點。多個香爐多隻鬼，經過多年的不斷嘗試，我不能不接受的看不到的概念只是「需求量」（quantity demanded），沒有其他。拿着自己熟習的需求定律（其中「價」的轉變是真有其物，但「需求量」是經濟學者想出來的概念，非實物也），集中於局限轉變來解釋世事。原則上局限轉變是可以觀察到的。往往不容易，有時很困難，但原則上可以觀察到。

不久前發生了一件有點尷尬的事。倡導新制度經濟學的高斯學會（Ronald Coase Institute）的年會今年在廈門舉行，邀請我講話。我回信說：「我對新制

度經濟學的發展非常失望，你們的會員可以接受嚴厲的批評嗎？」對方的回信簡而明：「我們樂意聽到批評。」我於是給他們一個講題：We Cannot Test What We Cannot See: The Disastrous State of New Institutional Economics。翻過來是：「看不到則驗不着：新制度經濟學的災難性發展。」這是針對滿是看不到實物的術語的新制度經濟學的發展了。

想不到，老人家高斯聽到我建議的上述講題時，嚇了一下，幾番叫他的助手來信，希望我能對新制度經濟學客氣一點。老人家恐怕我歷來開門見山的品性，會開罪一些搞新制度經濟學的、巴賽爾曾經戲說是寫術語字典的高人。其實任何場合邀請我講學術，我不會想到真理之外的事。在同一天的早上，為廈門大學的同學們講話，我建議的講題是「再談經濟學的窮途末路」。自己老了，還可以指導同學的日子無多，不容許我在真理上左顧右忌，討價還價。

上述的尷尬事件，使我對一九八四年二月十日在《信報》發表的《賣桔者言》重視起來。此文從親歷其境的現象觀察起筆，然後帶到有關的經濟理論去。我很有點後悔二十多年來沒有多寫這類文章——雖然寫過不少。我於是想到編一本《新賣桔者言》，選出大約六十篇從觀察現象開始然後引進理論或假說作解釋的文章。這樣的結集會幫助那些對實用經濟學有興趣的同學。

　　一九八四初版的《賣桔者言》那本結集，今天還在發行的有五十四篇文章。不是說該結集中的《讀書的方法》、《發明專利》等文章不可讀，而是與《賣桔者言》那篇性質類同的我只能在該舊結集選出七篇有足夠實力。其餘的要保留在舊結集中。換言之，構思一本《新賣桔者言》，我要找五十多篇性質類同的文章加進去。不容易，花了幾天大略地翻閱了二十多年來的文章，認為有機會可以湊夠。

　　為恐湊不夠有足夠實力的，我希望在一兩個月內多寫幾篇。怎樣想就怎樣動筆，幾天前發表的《打假貨是蠢行為嗎？》是一例，可以收進《新賣桔者言》。這也好讓同學們知道，地球上的有趣現象多得很，只要能放開自己的好奇心，沒有成見，可取的題材俯拾即是。需要的理論根底，懂得選讀物兩年的苦學足夠。其實只細讀我寫的三卷本的《經濟解釋》足夠，但我打算明年全面大修這套書。需要長時日，近於永遠不夠的時日，是不斷地在街頭巷尾或真實世界觀察，不斷地嘗試以學得的理論推出可以驗證的假說。

　　構思《新賣桔者言》的目的，是希望可以訓練同學們的觀察力，訓練同學們的想像力，訓練同學們用簡單的經濟理論與概念來解釋表面看是複雜無比的世界。只要同學們能用心嘗試，客觀得像火星人看地球，他們會體會到經濟學是有趣非凡的學問。

一、舊《賣桔》原文（七篇）

賣桔者言

一九八四年二月十日

作為一個研究價格理論（price theory）的人，我對實證工作好之成癖。要理解玉石市場的運作，我曾經在廣東道賣玉。在美國研究原油價格時，我到油田及煉油廠調查了好幾個月。在華盛頓州研究蜜蜂採蜜及替果樹作花粉傳播的市場時，果園及養蜂場是我常到的地方。後來發表了《蜜蜂的神話》，很受歡迎，無意間我成為半個蜜蜂及果樹專家。

因為從事實證研究而在某些行業上成為準專家的經濟學者不少。理論若經不起實證的考驗，很難站得住腳。一個有實據在手的後起之秀，有時只用三招兩式，就可把一個純理論的高手殺得片甲不留。

跟一般行家相比，我有兩個較為例外的習慣，一好一壞。好的一面是我強調實地調查的重要。這觀點起於在大學寫論文時引用書本上的資料，中過計，痛定思痛而產生的。壞的一面是我的興趣是在乎調查研究，不在乎寫論文發表。滿足了自己的好奇心，欣然自得，懶得將研究的結果不厭其詳地寫下來。關心的

朋友對我那些千呼萬喚也不出來的文章很失望。他們如果知道我年宵之夜在香港街頭賣桔，會寫信來查問所得。

香港年宵市場，在年宵的那一晚，需求的變動是極快、極大的。變動的方向大致上大家預先知道。一千塊錢一棵桃花可在幾個鐘頭之間變得一文不值。但若不是買賣雙方在期待上出錯，上好的桃花哪會有棄於街頭的明顯浪費？賣不出跟蝕大本賣出有什麼分別？同樣一枝花，有人用二百元買也有人用五十元買，是否浪費？年宵貨品的不斷變動的價格是怎樣決定的？期待上的錯誤是怎樣產生的？這些問題既困難又重要。

要在這些問題上多一點了解，我決定在年宵那一晚親自賣桔。這算是第二次的經驗。第一次是一年前的年宵。那次連天大雨，年宵當晚更是傾盆而下。擺了數天的桔子十之八九因為雨水過多而掉了下來。我見「空多桔少」，知道大勢已去，無心戀戰，數十元一盆成本的四季桔，以五元清貨了事，無端端地蝕了數千元。

今年捲土重來，也是意不在酒。入貨二百多盆，每盆成本四十，賣不出是不能退貨的。送了一小部分給親友，餘下大約二百盆就決定在年宵晚上八時起，在借來的一個行人眾多的空地盤出售。這數量是比一個普通年宵攤位的一晚銷量大上好幾倍。我和兩個朋

友與幾位學生一起出售的只是四季桔，而在地盤鄰近少有賣桔的人，到凌晨三時半便將桔子全部賣出了。

全部賣出不一定有錢賺；賺錢與否要看每盆桔子平均售價的高低。在我們一定要全部賣出的局限下，入貨的多少、價格轉變的快慢、價格高低的分布、討價還價的手法，都有很大的決定性。我們二百盆的平均售價大約每盆五十五元（最高八十元，最低二十元），若盆數減半，盈利會較高。我們賺得的就是那些送了給親友的桔子，而我自己從賣桔領悟到的經濟含義，卻大有所值！

九時左右，客似雲來。年宵市場沒有不二價這回事。無論開價多少，顧客大都講價。整晚我們只有五六盆桔是照開價賣出的。一般顧客知道年宵市場是討價還價的，實行不二價很難成交。在這種情況下，我們的開價是預備要減的。每個顧客的訊息資料不同，所以成交價格不一。賣桔的人所求的是要以最高的平均價格，及時將全部貨品出售。我們起初開價是每盆八十元，最低六十元出售。十一時開始下雨，開價立減；半小時後雨停了，開價立加。午夜後開價減至七十元。這小時顧客最多，以為午夜後可買便宜貨，講價較繁。其後減價次數漸多，到後來每盆開價三十元。

同樣的貨品，同樣的成本，以不同價格出售，叫作價格分歧（price discrimination）。這是經濟學上

的一個熱門題目。要在同時同地用不同的價格將桔子出售，我們四個人要獨立作戰，盡量將顧客分開，也要使顧客相信自己所付的是「特價」。如果沒有價格分歧，生意是很難不蝕本的。買賣雙方因此都有不老實的行為。

價格分歧的現象眾所周知，不值得大驚小怪。但在經濟學上，年宵賣桔的經驗卻使我領悟到幾個重要的含義。所有經濟學課本上的分析，說實施價格分歧必須有兩個條件。第一個條件是要將市場分開或將顧客分開，而經濟學者一致認為在同時同地將顧客分開是不可能的。這觀點顯然是錯了。價格的訊息費用相當高，而這訊息賣者要比買者知得多。只要買者相信自己議訂的價夠便宜，他不會再費時去查詢，也沒有意圖公布自己的買價。

第二個價格分歧的主要條件，是付不同價錢的顧客的需求彈性（price elasticity of demand）必定有所不同——付較高價錢的彈性係數一定較低。這條件顯然也是錯了。訊息較少的人付價較高，而訊息的多少跟需求彈性的係數卻沒有一定的關係。邏輯上，以需求彈性引證的價格分歧的分析，在基礎上有很大的錯誤。這錯誤不容易在報章上向讀者解釋。

有些經濟學者認為在某些情況下，價格分歧是唯一可以賺錢的方法。那是說，不二價是會蝕本的。諾貝爾獎獲獎人史德拉（G. Stigler）教授不同意這觀

點，但我賣桔的經驗卻認為這沒有錯。史德拉又認為價格分歧必會帶來浪費，因為付不同價格的人的邊際價值不同。這分析看來也是錯了。有無可避免的交易費用存在，不同的邊際價值總要比買不到桔子有利。若機緣巧合，史老兄能在年宵期間訪港，我會帶他到街頭一起賣桔的。

賣桔的經驗也使我對討價還價及不忠實的行為有較多的認識。值得在這裡向大學經濟系的研究生指出的，是他們抱怨找論文題材的困難實在是言過其實。要作經濟研究，香港有如一個金礦。好而重要的論文題材信手拈來，俯拾即是。

養蠔的經驗

一九八四年二月二十一日

　　有些朋友批評我過分固執，不肯對我認為是錯誤的理論讓步。這批評我引以為榮。學術上，不知道也不需要知道的，我一向不理；不知道但需要知道的，我屈膝求教；知道自己是錯了的，我欣然承認。但若真理既知，我是半步也不退讓的。

　　其實，這些朋友的批評主要只有一點。這是二十年來我堅持產權及交易費用在經濟學上的重要性。不是說我認為沒有這些因素在內的其他經濟理論不重要。我堅持的觀點很簡單：任何經濟理論，如果含意着產權對人類的行為沒有決定性的影響，都是謬論。我為什麼這樣肯定呢？單舉養蠔的例子就夠了。

　　蠔是在海灘上繁殖的。要繁殖得好，每天要有過半的時間浸在海水之下。蠔是不會走動的。如果海灘是公眾用的，任何人可隨意拾蠔，而這海灘又是在容易到的地方，那就算是小孩也知道蠔的數量一定不會多。如果海灘是私有，投資養蠔的機會必定較大。同樣的人、同樣的海灘、同樣的天氣、同樣的蠔，不同

的產權制度有肯定不同的行為。當然，養蠔是可以國營的。政府養蠔，以法例甚至武力懲罰拾蠔的人，又是另一種制度。國營蠔場既非公用地，也非私產；它有着不同的困難，不同的經濟效果。養蠔若是國營，投資多少由誰決定？用什麼準則決定？蠔類的選擇由誰決定？用什麼準則決定？蠔的收成時間由誰決定？又用什麼準則決定？決定錯了誰負責？而懲罰多少又以什麼準則來決定的？

在私有產權的制度下，這些問題都有肯定的答案。作決定的人是蠔的擁有者，或是租用蠔場而養蠔的人。投資的多少，蠔類的選擇，收成的時間，都是以蠔的市價及利率作指引而決定的。不按市價、不計成本、不顧利率，養蠔會蝕本。作了錯誤的判斷，市場的反應就是懲罰。蝕蝕的大小是懲罰的量度準則。我們怎可以相信政府是萬能的呢？怎可以相信官員的判斷力會在「不能私下獲利」或「不需私人負責」的情況下較為準確？怎可以相信他們的錯誤判斷會一定受到適當的懲罰？

美國西岸的華盛頓州是養蠔勝地，可不是因為那裡天氣適宜養蠔。相反，那區在美國西北，水溫冷，不適宜養蠔。冬天若結冰過久，蠔會受到傷害；夏天不夠熱，蠔的成長速度會減慢。為什麼華盛頓州是養蠔的勝地呢？主要原因，是這個州不單准許私人擁有海灘，就連被海水浸着的地也可界定為私產。所以這地區雖然海水奇寒，不適宜養蠔，但在那些海水較暖

的海灣,養蠔者比比皆是。

華盛頓州的胡德海峽(Hood Canal),長而狹窄,兩岸有山,海峽有盡頭,所以海水較暖。海灘既是私有,養蠔是海邊房子擁有者的「例行私事」。在同一海峽,公眾可用的海灘,蠔就很難找到了。我愛海,也愛靜,所以八年前在那裡的海邊將一棟舊房子連海灘一起買下來,作度假用,也就成為一個養蠔者。

胡德海峽潮水的漲退,最高跟最低相去十七呎;最適宜養蠔的只是其中漲退相距四呎水位的海灘。若海灘斜度較大,好的蠔床面積就較小。因為這海峽的沿岸房子林立,每戶人家所擁有的蠔地只有幾千呎。這一帶的養蠔者大都不商業化,養的蠔貴精不貴多,一般長大較慢的品種,是肉嫩而甘甜的珍品(Willapa Bay oyster)。我自己的海灘較平坦,所以養蠔特別多(大約三萬多隻)。蠔培養三、五年可食,我每年大量送給朋友仍可保蠔床不變。

私人的海灘一看便知。除了蠔多以外,我們還可看到開了的蠔殼被有計劃地放回灘上(讓小蠔附殼而生);取蠔的人多在蠔床開蠔(讓蠔中液體的營養留在原地);蠔與蠔之間有空隙(讓蠔多食料而增肥);海星被人拿到岸上(海星是會吃蠔的)。這些小心翼翼的行為,沒有私產保障,怎能辦到?

商業化的蠔場,蠔床面積以英畝計。被選用的海

灘皆極為平坦，海水淺而風浪不大的地方。商業養蠔的品種是長大較快的。養蠔者用竹枝插在淺水的蠔床上，作為產權的界定，也用以作為收穫分布的記號。有不少商業蠔場的海灘是租用的；也有些海邊住戶將蠔灘賣掉。

如果你要在華盛頓州的海邊買房子，你要問海灘屬誰？海灘的私地是以哪個潮水位量度？若你見海灘有蠔，你也要問，蠔是否跟房子一起出售？假若蠔灘是租了出去的，你要再問，租蠔灘的合約中有沒有容許業主採食少量的蠔？養蠔者有沒有權走過跟房子一起出售的岸上地？在私產制度下，這些問題都是黑白分明的。

香港流浮山的蠔場，污染程度確是驚人。蠔本身是不會產生污染的；污染是產權界定及合約的問題。據我所知，香港法例不容許海灘私有。如果不是在某程度上流浮山所養的蠔是私有的，蠔場不會存在。我對流浮山蠔灘的產權結構一無所知。這顯然是論文的好題材，希望有研究生能作點學術上的貢獻。

蠔不一定是要在淺水的海灘上繁殖的。用繩子及竹枝將蠔種吊在較深水而又較清潔的海灣繁殖，也是一個有利可圖的有效方法。香港海水夠暖，政府應考慮出租海灣給養蠔者。但以吊蠔的方法繁殖，風浪大就不行。在香港，可以避風的清潔海灣恐怕不易找到了。

　　談及在中國投資，我異想天開，想租用南中國海某些適合的海灘，商業化養蠔。在灘上養蠔，風浪的問題不難解決。只要中國能對蠔的私產權利加以保障，這可能是一個比較實惠的投資。

會走動的資產

一九八四年二月二十四日

　　魚是會游動的；跟牛羊不同，魚身是很難標誌記號的。北美洲的野生大水牛（buffalo），因為沒有人肯飼養，往往要走到很遠覓食，幾乎被獵者殺得一乾二淨。高斯曾對這些水牛的產權問題作過多年的研究，但大作至今仍未發表。天上的飛鳥與水中的魚，產權的保障有特別的困難。但飛禽畢竟不在水面下生活，較為容易看見，所以食用價值較高的，早已給人養乖，作為私產了。在美國時一位朋友獵得野鹿，分了些肉給我，並盛讚鹿肉比牛肉為佳，我感激之餘，仍忍不住要反駁：「怎麼可能呢？若鹿肉勝牛肉，人們怎會養牛不養鹿？」

　　海中的魚，難以捉摸。有些市場價值很高——例如三文魚（即鮭魚）——生長期間要遠渡重洋。不少經濟學者認為海魚不能界定為私產，無法加以保障，所以海魚也就成為經濟學上的一個專題。在課室裡，經濟學老師要表達界定私產的無能為力，免不了舉海魚為例。海魚若沒有界定私產的保障，捕釣的人數會增

加，魚網的孔會較密，而孵養小魚會受到忽略。魚的產量就會變得愈來愈少了。

因為這些問題，世界各地的重要漁場都訂立了多而複雜的法例，管制在公海捕釣的權利及行為。這些法例的形成受過多個壓力團體不斷地左右，要解釋法例的成因不容易。儘管不少經濟學者認為既然海魚難有私產的保障，政府以法例約束行為理所當然，我卻未曾遇過一位稍知漁業法例的學者，會拍掌附和。究其因，是這些法例的本質大致上都是寓禁於徵，即以增加捕魚費用去減少捕釣。這樣一來，我們很難分辨界定海魚產權的困難，是因為魚會游動，抑或是因為漁業法例的存在。這個比較深入的問題我會在下一篇文章向讀者解釋。

且讓我先說淡水魚。以魚塘養淡水魚，據說是中國始創的。這種養魚的方法外國也有。雖然是哪一國始創不易考究，但中國養魚的歷史甚久，即使不是始創也絕不會是學外國的。平凡的現象，往往有着不平凡的含義。中國在魚塘養魚的悠久歷史，證明了地產的私產制度的施行，中國要比歐美早得多——中國在唐、宋期間的富庶，可不是僥倖的。以天然環境而論，魚塘養魚的條件怎可以及得上大湖？私產保障的需要明顯地將魚從湖裡帶到塘中。

研究中國農業時，我很佩服中國人養魚的智慧。水稻的田地竟然在稻收成後，加水而用以養魚。魚可

為稻田增加肥料；魚收穫後，又再種稻。農業上，輪植的合併選擇是一門不簡單的學問。我跟進過的數十個輪植的方式中，魚與水稻替換最富想像力。這法門可能是中國獨有。不知這傳統智慧是否還保存着。

淡水魚我自己也養過。我在華盛頓州的海邊房子的後園，有一條小溪橫過，繞過房子，流進海裡去。因為溪水所經的地形及樹蔭環境，很適宜養鱒魚（trout），所以漁農處很例外地批准我將後園的小溪加闊加深，建成魚塘，也發給我一張養魚的商業牌照。這其中最主要的困難是溪水屬流動的資源。溪雖屬我，但溪水卻是公產。要不是我造塘的地點極宜養鱒魚，溪的下游再沒有其他人家，改小溪為魚塘是很難獲准的。在美國，很多公產差不多是公眾不可用的。在耕種或畜牧地帶，流水的產權有着頗為清楚的界定。但在住宅地帶，流水沒有產出的用途，產權的界定就被忽略了。

要舉界定私產無能為力的例子，經濟學者一向避談淡水魚。但「海魚不能保障為私有」卻是個一般性的定論。這個定論，香港的經驗是反證。以浮籠在海灣養魚在香港盛行。香港的海非私產：多年前，在海上浮起的物體要跟船一樣，久不久要移動的。可能是因為香港海裡的魚被人捕釣了十之八九，甚至用魚炮打得七零八落，政府鑑於市場的需要，容忍現在以浮籠養魚的行業。詳細的法例我知得很少。跟流浮山的蠔場一樣，浮籠在海上養魚也是個論文的好題材，大

學的經濟研究生還等什麼呢？

　　假如在香港目前許多早已沒有魚可釣的海灣內，捕釣的權利被界定為私有，又讓這私有權利的擁有者負擔費用去禁止非法捕釣的人，那我差不多可以肯定海灣的產出要比浮籠的方法有效。浮籠養是海底魚（bottom fish）。這類魚雖會游動，但若找到有好的棲身之所，牠們不會遠去。香港政府若能租出海灣作養魚之用，給予租借者一個可以禁止他人捕釣的權利，養魚者可在海底設置引魚的物體，在海上放魚種，在海底下飼料，即使海灣大為開放，魚也不會逃走。這方法可減少污染，可不阻礙海面的其他活動，可令魚採食海中的其他食料，魚肉也較鮮美。鯊魚的干擾是一個問題，但總有解決的方法。

　　從我和朋友在美國合資引魚而釣的經驗得知，石斑最喜歡的是大水泥渠——破爛了的棄渠更好。將這些長短不一的渠多量地放入海中，幾個月後，附渠而生的物體已是魚的食料；再加飼料，又有渠洞可藏身，石斑是驅之不去的。魚喜吃附木的生物，找些破舊不堪的廢船，沉於海底也行。

　　其他比石斑活潑、游得較遠的魚，私產的保障可能要用幾個相連的海灣。石斑呢？只要「好食好住」，牠們差不多是「不動產」。這其中有一個使漁業經濟學者難以自圓其說的含意：愈是容易給人捕釣清光的魚，私產保障的費用愈低。私產無能為力的話是不可

以亂說的。

有了禁止他人任意捕釣的權利，租用海灣養魚的人可請人巡更，費用應該比現在維修管理浮籠的費用少。當然，收穫時的捕魚費用要比浮籠的方法高，但把香港海灣的魚捕釣光了的人總有相宜的辦法。最好的辦法可能不是由養魚者自己捕釣。開放漁場給垂釣者享受，過下釣癮，但釣得的必定要買，價以重量計，怎會不客似雲來？要防止釣上太小的魚，規定魚餌的選擇就行。這種取價不取魚的方法可不是我發明的。

遠渡重洋的魚又怎樣呢？下一篇文章我會再作分析。

私產可養魚千里

一九八四年二月二十八日

　　話說在美國華盛頓州時，我把海邊房子後園的小溪改成魚塘，飼養鱒魚。小溪經過魚塘，繞過房子，流進海裡去。塘邊有樹蔭，溪水有大量氧氣，且水溫寒冷，我養的鱒魚從不生病，養到最大時每條有五磅多重。每個好魚者都有自己的「魚的故事」。飼養鱒魚後，與朋友聚會閑談中，若有提起魚的，我愛談養魚，不再言釣。

　　一個冬天的清晨，我漫步塘邊，俯望塘中，竟然見到一尾二十多磅的三文魚（即鮭魚）在那裡休息。這種以遠渡重洋而聞名於世的名貴食料，可不是我養的！定神一想，即明其理。這巨大的三文魚一定是若干年前在我後園小溪的上游出生，在海洋長大後，依着這種魚的天性，回到出生之處，小溪改成的魚塘是牠必經之地了。對這位「少小離家老大回」的不速之客，我毫無殺生之念，只想着牠可能到過的遙遠的地方，笑問客從何處來。

　　私產的擁有者永遠本性難移，打生產的主意。這

43

三文魚的出現證明了那魚塘是適宜孵養小三文魚的。在塘中養魚飼料昂貴，而太平洋的飼料卻取之不盡，我何不在塘中孵養小三文魚，養到四五吋時，數以千計的讓牠們隨小溪流入海中。幾年之後，魚在海洋長大了，只要有一兩成游返魚塘，盈利相當可觀。就算只得十數尾回歸，蝕了本，也可贏得一個值得炫耀的「魚的故事」。

想做就去做，我立刻查詢有關孵養三文魚的資料。殊不知一查之下，竟然發現有資本家早幾年捷足先登，養魚千里凌波去。他們對孵養三文魚的研究之深，技巧之妙，令人拜服。可惜他們不僅受到政府法例的干預，也受到壓力團體的諸多留難。

撇開香港少量而昂貴的海鮮不談，三文魚是世界上市值最高的魚類。這種魚在淡水河流出生，在海洋長大，可以游到二三千哩以外的地方。在海洋覓食三至七年之後（按魚類而別），仍能生存或未被人捕釣的，會回到自己出生的河流，從不出錯。回到了出生的河床，產卵之後，魚會謝世。三文魚曾在大海搏鬥，氣力甚大，回歸時不到目的誓不休。逆流而上之際，魚拼命跳，不半途往往弄得遍體鱗傷，魚肉變質，市場價值下降。捕釣三文魚的人要在海中或離河流入口不遠的地方下手。

在大海捕釣三文魚，費用高──這些魚不會在一個地點逗留多日。但在河口的必經之地，用網捕捉易

如反掌。更容易的方法，是在河口建造一條只有數呎闊的魚梯（fish ladder），讓魚只能從魚梯上河，回歸的魚就成了網中魚了。問題是，如果任人隨意在河口捕魚，很容易捕得過多，魚量會變得愈來愈少。但如果三文魚的產出是私營的，那麼為着圖利，養魚者會顧慮到將來的產量，捕捉會有分寸，而孵養小魚也會大費心思。問題是，私營者在河口捕魚，河口的產權屬誰呢？就算河口是私產，我們又怎能確定私營者所捕到的是他自己放出去的魚？進河的魚可能是野生的。

政府要提倡漁業私營化，方法簡單。第一，讓河口的捕魚權利界定為私有；第二，讓河魚的產權界定為私有；第三，禁止漁民在海中網捕三文魚。此法一行，三文魚的產量一定激增，捕魚的費用大幅度下降，魚的市價起碼要下降一半以上——這些都是專家們研究後認同的效果。但現有的漁業法例，一般是基於古老的「海魚不能被保障為私產」的觀念，加上漁船的擁有者及漁民的不斷左右，政府不僅對在河口捕釣有多種管制，就是在大海裡，那些效率高或費用低的捕釣方法，皆被禁止也。

非私產的矛盾比馬克思想像的大得多。海魚既非私有，船主與漁民各有各的立場。前者要減少漁船牌照，後者要減少漁民的數目，也要推行那些多用勞力的捕魚方法。於是乎公會對立，各執一詞，結果是法例增加了捕釣的費用。費用增加，捕獲的魚量當然減

少，這正投了要保護魚類的壓力團體的所好。受害的是消費者。

前面提及的「資本家」，是有名的私營林業公司，在美國西北部擁有大量林地，其中包括好些小溪及河流。七十年代初期，他們在華盛頓州以南的俄勒岡州，實驗孵養三文魚，送出大海長大，任人捕釣。他們只希望有百分之五以上的魚回歸。私養出海的結果，仍能生存或漏網而回的，卻在百分之十五以上。他們選的品種是不吃釣餌的三文魚（卻任人在海上網捕），自建魚梯（不霸佔河口），在魚鰭上作記號，用私有的水道放魚出海。換言之，他們的私產保障不多，也不侵犯他人的權利。在孵養小魚的過程中，他們以暖水加速魚的成長，給小魚做過幾種免疫手續。到後來，他們竟然設計用大船浮於海中，讓回歸的魚游進船裡去。

以少許的私產保障而養魚千里，盈利大有可觀，有三幾家其他公司跟着在俄勒岡州打主意。這個可以肯定成功的漁業革命，卻惹來一場大官司。雖然漁民及船主會因這些私養的海魚而增加網捕所得，但長此下去，魚價會大幅下降，對他們是有害的。私養的成本要比在公海捕釣的費用低很多，就算是私養者任人在海中捕釣，但只要市價下降三分之一左右，在公海捕釣的費用就會「禁止」捕釣的行為。漁民及船主於是群起而攻，反對私養。他們贏了官司，阻止了私養三文魚的繼續發展。目前只剩兩家公司繼續養魚千

里。

在俄勒岡州以北的華盛頓州，繁殖三文魚更為適合。可惜較早時有另一場官司，使私養三文難以施行。這是印第安人與白種漁民之爭。前者勝訴的結果，是在華盛頓州只有印第安人才准在河口捕魚。這個民族在土地上一向沒有私產，所以他們本身是難以私養三文魚的。我自己要在華盛頓州孵養三文魚的困難，有一點到現在還沒有人能給我清楚的法律解釋。依照法例，我沒有權在溪水出口處捕捉回歸的三文魚。但溪水出口的海灘是我的私產，也依照法例，我是有權禁止印第安人在那裡捕魚的。究竟法律上我能否僱請印第安人代勞，也是難以肯定。我的「魚的故事」就再也說不下去了。

無論官司怎麼判，壓力團體的勢力有多大，經濟的需要遲早會顯現出來。以私產養魚千里的漁業革命，只是時日的事。只要有某些適宜養三文魚的地方，實行漁業私產化，那麼現有的華盛頓州及俄勒岡州的法例，是非改不可的。

中國東北部的河流，可能適宜孵養三文魚。國營雖及不上私營，但總要比野生的產量大得多。孵養三文魚的科技十多年來因為私營而突飛猛進，這是值得中國漁業界注意的。在適當的情況下，養魚千里是本小而利大的生意。

（五常按：此文發表後不久，美國西北部的海灣出

47

現了以浮籠飼養三文魚的方法，使該魚的市價大幅下降。環保人士與捕釣漁民群起反對，吵得一團糟，我可沒有跟進其後的發展。）

如詩如畫的例子

一九八四年三月二日

在經濟學上，用以描述市場失敗的例子中，有好幾個如詩如畫，令人難以忘記。久而久之，這些例子成為某種經濟問題的象徵，行內任何人一提便知。

庇古（A. C. Pigou）的大地如茵的禾田例子，令人嚮往；但很不幸火車要在田間經過，火花飛到稻穗上，造成損害。因為火車的使用者沒有給種稻的人予以補償，社會的耗費（包括稻米的損害）沒有全部算在火車成本之內。在這情況下，庇古認為政府是應該干預的。

關於庇古對社會耗費的分析，高斯（R. H. Coase）一九六〇年力斥其非。其後就有了足以萬世留芳的高斯定律。高斯的兩位好朋友——史德拉（G. J. Stigler）和艾智仁（A. A. Alchian）——一九七一年同遊日本。在快速的火車上，他們見到窗外的禾田，想起庇古與高斯之爭，問火車上的管理員，究竟車軌附近的禾田，是否受到火車的損害而地價下降了。管理員的回答正相反：車軌兩旁的禾田地價較高，因為火車將吃

稻的飛鳥嚇跑了！

庇古已作古，不能欣賞後人的幽默；史德拉和艾智仁卻不肯放過高斯。他們聯名給高斯一封電報，說：「在日本發現了高斯定律的大錯！」十年過去了，一九八一年，高斯要退休，我們二三十人在洛杉磯加州大學聚會，向高斯致意。史德拉被選為在宴會後代表我們的致詞者。這是再適當不過了：史德拉說笑話的才能，比起他後來獲諾貝爾獎的經濟學，難分高下。大宴將盡，致詞之時快到，史德拉突然跑到我身旁，在我耳邊輕問：「你記不記得十年前我告訴你在日本的有關高斯的笑話？」我稍一定神，也悄悄地回答：「火車與飛鳥！」

史德拉大喜，毫不猶豫地走上講台致詞：「我要感謝張五常，他提起我在日本時的一件事……」以他說笑話的本領，哄堂大笑在所必然。由於笑聲震天，有些在座的人竟然以為日本禾田地價的例子是我提出的。

較早時獲得諾貝爾獎的米德教授（J. E. Meade），曾以蜜蜂及果樹百花齊放的例子贏得永恆。這例子使人想起花的芬芳、蜜蜂的翻飛、蜜糖的純潔，襯托着大自然的風和日麗，怎會不令人陶醉，難以忘懷！

米德的分析，是養蜂的人讓蜜蜂到蘋果園採蜜，卻沒有付花中蜜漿的價錢給果園的主人，這會使蘋果

的種植太少，對社會有所不利。另一方面，蜜蜂採蜜時，無意中替果樹的花粉作了傳播，使果實的收成增加，但果園的主人也沒有付錢給養蜂者，所以蜜蜂的飼養不夠多，對社會也有損害。因為得益者可以不付價的緣故，市場是失敗了。以米德及一般傳統經濟學者之見，政府是既應該津貼果樹的培植，又應該津貼蜜蜂的飼養者。

在邏輯上，沒有價錢收益的服務或供應，當然是要比有收益的為少。但不付代價的行為是否對社會有害，或是否導致浪費，並不是傳統經濟學所斷定的那麼簡單。我希望將來有機會向讀者解釋這點困難。

邏輯歸邏輯，事實是另一回事。事實上，究竟養蜂者是否不用付錢去買花中的蜜漿？植果樹者是否不用付錢去買蜜蜂替花粉傳播的服務？花粉的微小，蜜漿的量度困難，蜜蜂的難以捉摸，在一般人看來，要論市價實在是無稽之談。

一九七二年的春天，我跑到有「蘋果之都」之稱的華盛頓州的原野及果園追查究竟。只用三個月的功夫，我不僅在事實上證明了蜜蜂的服務及蜜漿的供應都是以市價成交；更令人嘆服的，是這些市價的精確，比起我們日常一般商品的買賣，有過之而無不及。我於是用《蜜蜂的神話》（*The Fable of the Bees*，是一本古典名著的原名）這絕妙好題作文章，反駁米德教授及他的附和者的論調。

　　成竹在胸，下筆時文氣如虹。我見蜜蜂及果花的例子是那麼詩情畫意，寫來流水行雲。但真理畢竟是真理。在帶球進攻，過關斬將之後，到「埋門」之際，豈有不起腳扣射之理？在結論中我將詩畫拋諸腦後——

　　「凱恩斯曾經說過執政者的狂熱是從經濟學者的理論蒸發出來的。不管這見解是對還是錯，事實卻證明了經濟學者的政策理論往往是從神話中蒸發出來。為了要推行政府干預，他們沒有下過實證的功夫，就指責市場失敗。魚類及飛禽不能保障為私有，是他們的一個隨意假設；要在某些資源上廢除私產，他們就獻上『天然資產』之名。土地的合約一向是被認為不善；在教育、醫療方面，他們認為市場運作是會失敗的。

　　「當然，這其中還有一個蜜蜂的神話。

　　「在這些例子中，我們不能否認若有交易費用或產權保障費用的存在，市場的運作會跟沒有這些費用的情況有所不同。我們也不能否認政府的存在對經濟有貢獻。但任何政府的政策，都可以輕易地以減少浪費為理由來加以支持。只要假設市場的交易費用夠高，或假設政府干預費用夠低，推論就易如反掌。但隨意假設世界是如此這般，這些人不單犯了將理想與事實作比較的謬誤，他們甚至將理想與神話相比。

　　「我不反對米德及庇古的追隨者採用蜜蜂的例子去

示範一個理論上的觀點——在不需付代價的情況下，資源的使用當然有所不同。我反對的，是那些置事實於度外的分析門徑，那些純用幻想去支持政府干預的方法。以這種方法作研究所得的著作，對我們要增加了解經濟制度運作的人來說，是毫無裨益的。」

在下一篇文章，我將會向讀者介紹另一個如詩如畫的例子。

燈塔的故事

一九八四年三月六日

　　燈塔是經濟學上的一個里程碑。一提起這個詩意盎然的例子，經濟學者都知道所指的是收費的困難，這種困難令燈塔成為一種非政府親力親為不可的服務。

　　遠在一八四八年，英國經濟學家米爾（J. S. Mill）對燈塔有如下的分析：

　　「要使航海安全，燈塔的建造及維修需要政府的親力親為。雖然海中的船隻可從燈塔的指引得益，但若要向他們收取費用，不能辦到。除非政府用強迫抽稅的方法，否則燈塔會因為無私利可圖，以致無人建造。」

　　一八八三年，瑟域克（H. Sidgwick）將米爾的論點加以推廣：

　　「在好幾種情況下，以市場收費來鼓勵服務供應的觀點是大錯特錯的。重要的例子是某些對社會有益的服務，供應者無法向那些需要服務而又願意付價的人

收費。例如一座建在適當地點的燈塔，使船的航行得益，但卻難以向船隻收取費用。」

到了一九三八年，庇古（A. C. Pigou）當然也不放過「燈塔」。庇古是以分析私人與社會耗費（或收益）的分離而支持政府干預的首要人物。燈塔的例子正中他的下懷。庇古認為既然在技術上難以向船隻收取費用，燈塔若是私營的話，私人的收益在邊際上必定會低過燈塔對社會貢獻的利益。在這情況下，政府建造燈塔是必須的。

因為以上提及的市場「失敗」而支持政府干預的論調，是經濟學的重要一課。這裡我要指出的，是這些學者不反對提供服務的人向服務的使用者收取費用。正相反，他們一致認為收費是符合經濟原則，是理所當然的。他們也一致認為市價是重要的供應指引。但在燈塔的例子中，困難是收費。在黑夜中，航行的船隻大可以「偷看」燈塔的指導射燈，避開礁石，然後逃之夭夭。

細想之下，我認為某些經濟學者的大好心腸，世間少有。對那些願意付價而逃避付價的人，這些學者竟然要政府為他們增加服務。那麼對那些在飯店白吃而不付帳的人，經濟學者是否要政府為他們大排筵席呢？在這個尷尬的問題上，米爾比瑟域克及庇古高明得多了。米爾的主張是要政府向用燈塔的船隻強收費，但庇古一派卻是慷他人之慨，不管燈塔的費用應

從何來。假若不付錢就會得到政府的供應，而政府的供應是由一般稅收支持，那麼還有什麼人會在任何市場付價呢？免費的午餐又吃得了多久？

一九六四年，燈塔的例子到了森穆遜（P. A. Samuelson）手上，市場的「失敗」就一分為二。以森穆遜之見，燈塔難以收費是一個問題，但就算容易收費，他認為在經濟原則上是不應該收費的，所以燈塔應由政府建造不僅因為私營會有收費的困難而已。支持第二個觀點的理論是基於一個叫做「共用品」（public goods）的概念。這概念源自蘭度爾（E. R. Lindahl），一九五三年森穆遜以精湛的文章加以發揚（按 public goods 這名字容易令人誤解，本身大有問題；中文一向譯作「公共財」，是錯上加錯。下文將有解釋）。

燈塔的服務是「共用品」的一個好例子。塔中的燈亮了，很多船隻都可以一起用燈塔的指引而得益。當一條船用燈塔時，它一點也沒有阻礙其他的船隻去共用同一的燈塔——這就是「共用品」的特徵。在這情況下，燈塔既然亮了，要服務多一條船的費用毫無增加。也就是說，服務「邊際」船隻的費用是零。假若燈塔要收費，那就會阻嚇某些船隻對燈塔的自由使用，這對社會是有損害的。既然多服務一條船的費用毫無增加（額外費用是零），為社會利益計，燈塔不該收費。但若不收費，私營的燈塔非虧本不可。所以燈塔或其他類似的共用品，是應由政府免費供應的。

在支持政府干預的經濟理論中，「共用品」佔了一個重要的地位。且讓我不厭其詳地引用森穆遜本人的話，向讀者再解釋一次：

「在燈塔的例子中值得我們注意的，是燈塔的經營者不能向得益的船隻收取費用，這使燈塔宜於作為一種公共事業（**森穆遜在這裡用 public goods 一詞，誤導了讀者，因為這裡所指的並不是『共用品』的特徵**）；但就算燈塔的經營者可以雷達偵察的方法，成功地向每一條船收取費用，為社會利益計，要像私人物品（**森穆遜用 private goods 一詞，再加誤導**）那樣以市價收費並不一定是理想的。為什麼呢？因為對社會而言，向多一條船服務的額外費用是零（**這才是共用品 public goods 的特徵，跟難收費是兩回事；森穆遜是『共用品』一詞的始創人，他在這段文字中把這詞用得太早了，以致誤導；中文譯為『公共財』，很可能是這段文字引錯了的**）。因此，任何船隻被任何收費阻嚇而不用燈塔的服務，對社會都是一個損失，雖然這收費是僅足夠維持燈塔的經營費用。假若燈塔對社會是有所值的——它不一定有所值——一個比較高深的理論可以證明這對社會有益的服務應該免費供應。」

我認為在支持政府干預的各種理論中，「共用品」最湛深。電視節目也是「共用品」的一個典型例子。任何一個人看電視都不妨礙其他人家看電視；讓多一個人看電視的額外節目費用也是零。我們看私營的電視台是要付費的——看廣告的時間就是費用；同樣節目

沒有廣告較好看。但有誰會認為私營的電視台比不上政府經營的呢？話雖如此，我們不能將森穆遜的理論置諸度外。森穆遜是頂尖的經濟理論家，獲諾貝爾獎實至名歸。有機會我會再談一些有關「共用品」的問題。

至於收費困難的問題，我們不妨問：既然蜜蜂的服務及花中蜜漿的供應都是以市價成交（見前文），實際上燈塔究竟是怎麼一回事？這問題我將在下一篇文章向讀者有所交代。

高斯的燈塔

一九八四年三月十六日

在我認識的經濟學者中，觀點和我最相近的是高斯（R. H. Coase）。他和我都強調：若不知道事實的真相，我們無從用理論去解釋事實。這觀點牽涉到很廣泛的科學方法論，持有不同觀點的學者大不乏人。純以方法論的角度來評理，誰是誰非不簡單，但這不太重要。從實踐研究的角度衡量，高斯和我一向喜歡追查數字資料以外的事實的作風，在行內是比較特別的。

一九六九年的春天，高斯和我被邀請到加拿大的溫哥華大學（UBC）參加一個漁業經濟研討會。除了我們，被邀的都是世界知名的漁業經濟專家。我被邀請的原因，是我剛發表了《佃農理論》，而船主與被僱用的捕魚勞力是以「佃農」的形式分帳的。高斯呢？要談產權問題，少了他是美中不足。

那時，高斯和我都是漁業的門外漢。赴會前一個月，我到芝加哥大學圖書館借了大約兩呎高有關漁業的書籍，做點功課；高斯知我「秘密練功」，叫女秘書來將我看過的書拿去，也修煉起來。時間無多，我們

只一知半解就硬着頭皮赴會。

會議是在該大學的一間古色古香的小房子舉行，仰望雪山，俯視碧海。大家坐下來，寒暄幾句，仍未開鑼，有一個站在窗旁的人突然宣布海上有艘網魚船（gillnetter），在場的人都一起湧到窗前觀看。我和高斯被嚇了一跳，內心在想，漁業專家怎可能沒有見過網魚船！我們於是對自己學了不久的三招兩式信心大增，開會時的討論就再沒有什麼顧忌了。

幾天的會議結束後，高斯和我一起從溫哥華駕車到西雅圖。途中我們再談那年多來我們常談的事：事實知識對經濟學的重要性。我們認為很多經濟學者要「解釋」的現象，是無中生有，到頭來枉費心思。在這行程中，他告訴我他曾聽說蜜蜂的服務是有市價的。三年後，我做了一個蜜蜂與果樹的實地調查，一九七三年發表了《蜜蜂的神話》。他也告訴我他聽說在英國有一個私營燈塔的人發了達。後來高斯自己一九七四年發表了《經濟學上的燈塔》（The Lighthouse in Economics）。

高斯調查的是英國早期的燈塔制度。十七世紀之前，燈塔在英國不見經傳。十七世紀初期，領港公會（Trinity House）建造了兩座燈塔。這個歷史悠久的公會起初由海員組合而成，後來政府授以權力，逐漸成為隸屬政府的機構，專門管理航海事宜。雖然領港公會有特權建燈塔，向船隻徵收費用，但這公會卻不

願意在燈塔上投資。在一六一○年至一六七五年之間，領港公會一個新燈塔也沒有建造；但在同期內，私人的投資卻建了十個燈塔。

要避開領港公會的特權而建造燈塔，私營的投資者要向政府申請特權，准許他們向船隻收費。這申請手續是要多個船主聯名簽字，說明燈塔的建造對他們有益處，也表示願意付過路錢。燈塔建成後，這過路錢是由代理收取的。一個代理可能替幾個燈塔收費，而這代理人往往是海關的公務員。

過路錢的高低是由船隻的大小及航程上經過的燈塔次數而定。船入了港口，停泊了，收費就照船的來程，數她經過的燈塔的次數而收費。到後來，不同航程的不同燈塔費用，就印在小冊子上了。

這些私營的燈塔是向政府租用地權而建造的。租約期滿後，多由政府收回讓領港公會經營。到了一八二○年，英國私營的燈塔只剩二十二個，而由領港公會經營的是二十四個。在這總共四十六個燈塔中，三十四個是私人建造的。一八二○年後，領港公會開始收購私營燈塔。到了一八三四年，在總數五十六個燈塔中，領港公會管理四十二個。兩年之後，政府通過法例，要領港公會將其餘的私營燈塔逐步全部收購。一八四二年後，英國再沒有私營的燈塔了。

英國政府當時解釋要收購私營燈塔的原因，不是因為收費有困難，而是政府認為私營收費太高。政府

收購燈塔的價格，是依地點及租約年期而定。最高收購價的四座燈塔是由十二萬五千英鎊至四十四萬五千英鎊。這些都是很大的數字：一八三六年的一英鎊，大約等於現在的三十至四十美元。

從以上高斯調查所得的結果中，我們可見一般經濟學者認為私營燈塔是無從收費或無利可圖的觀點是錯誤的。但問題不是這樣簡單。我們要問，假若政府不許以特權，私營收費能否辦到？這問題高斯似乎是忽略了。

舉個例子吧。有人在一個適宜建燈塔的地方買了或租了一幅地，將建造燈塔的計劃寫出來，跑去找船主，要他們簽約同意付過路錢。簽了約的船主，得到燈塔的服務後，當然要依約交費，否則會惹起官司。但有多少個船主肯簽約呢？不簽約而用燈塔的船隻怎樣對付？高斯在文章內提及船主聯名簽字申請的步驟，但究竟有百分之幾的船主把名字簽上了？不簽字而又用燈塔的又有多少？當然，在當時的英國制度下，所有進入港口的船隻都是要交費的。船主簽字只是協助私營者申請特權；特權批准之後，不簽字的船隻也要交過路錢。沒有這特權，收費的困難又怎樣了？

我以為在燈塔的例子中，收費的困難有兩種，而經濟學者——連高斯在內——把這兩種混淆起來，以致分析模糊不清。第一種就是船隻可能「偷看」燈塔的

指引，或是看了而不認。事實上，以燈塔為例，這類困難顯然不嚴重——森穆遜（P. A. Samuelson）等人都估計錯了。只要船隻進入港口，在航線上顯然經過了燈塔，要否認曾利用燈塔是不易的。但經過有燈塔的航線而不進入港口的船隻，就會有這第一種收費的困難。這一點高斯是清楚地指出了的。過港口之門而不入的船隻顯然不多，所以在燈塔的例子中，第一種的收費困難不重要。

第二種收費困難，就是船隻既不「偷看」，也不否認燈塔對他們的利益，但就是不肯付錢；希望其他船隻付錢，有了燈塔，他們可以免費享用。換言之，某些船隻要「搭順風車」（free ride）。雖然高斯在他的文章內沒有分析那「搭順風車」而引起的收費困難，但他的寶貴資料卻顯示這困難的存在。我主要的證據是政府給予私營燈塔的特權是一個專賣權（patent right），意味着每一艘用過燈塔的船隻都要交費。這種專賣權通常是賜給發明者的，雖然燈塔的建造者並沒有發明了什麼。

因「搭順風車」的行為而產生的收費困難，在經濟學上不僅有名，而且從來沒有人能提出在私營下的有效解決辦法。讀高斯的《經濟學上的燈塔》一文，我領悟到一個頗為重要的見解：用「發明專利權」（patent right）的形式來壓制「搭順風車」的行為，可奏奇效！我希望將來有機會再談「共用品」的時候，向讀者解釋發明專利權的性質。

65

二、神州初放（兩篇）

中國大酒店

一九八五年四月二十六日

（一）

　　將來的中國經濟歷史，今天廣州市的中國大酒店會是個小小的里程碑。這間龐大的酒店（一〇一七間房，另加商場、辦公及公寓大廈），可能是目前在中國的唯一以純外資（港資）建造的賓館。中國的參與，是提供土地，所以這酒店被稱為是中港合作而不是中港合資（在經濟學上，土地是資產，故也是合資）。港方贏得近於全權策劃，由新世界酒店負責管理。因為管理得好，建築裝修夠水準，而港商的投資又沒有弄到焦頭爛額，這酒店對中國的經濟發展會有一定的影響。

　　我對酒店行業一無所知，但知道酒店管理是一些大學的專修課程，又久聞中國大陸的賓館服務「自成一家」，所以在中國改革的問題上我對酒店留上了心。一九七七年，我在美國聽到一位中國同事敘述他在中國多間賓館的歷險記；一九七八年，一對美國醫生夫

69

婦由我介紹到桂林旅遊了三天，回美後他們面有懼色，令人尷尬。一九七九年，為了探親，我到一般人認為是廣州最好的東方賓館住了幾天。那次的經驗，雖然算不上是臥薪嘗膽，但令我體會到朋友們沒有言過其實。其後北京香山大飯店的故事，舉世知名。我想，酒店管理是一個「關心顧客」的行業，「大鍋飯」或「鐵飯碗」的制度怎會不弄到一塌糊塗呢？

去年四、五月間，中國大酒店局部試行營業，我聽到該酒店服務好的評價；六月正式啟業後，稱讚之詞更是源源不絕。為了要滿足好奇心，八月中我抽空到該酒店住了四天。名不虛傳，這酒店使我感到賓至如歸，夢裡不知身是客。

到了十一月，美國西區經濟學會的主事人戴伏克教授（E. Dvorak）和夫人來港度假。這對夫婦算得上是酒店專家。十多年來，一年一度的美國西區經濟學會的三千人聚會，是由他們主理的。他們二人每年花一個月時間，周遊各地選擇聚會的地方及酒店，所到之處，受到當地的大酒店待以上賓之禮。我跟他們有二十年交情，無所不談，提起中國，他們要去看看，經我安排到中國大酒店住了一晚。他們的評價高得出奇，認為該酒店的服務是他們經驗中最好的！可能言過其實，但要說這酒店是近於世界一流水平，並不誇張。一個以服務困難而獲大學重視的行業，在一個以工作散漫而聞名的國家裡，能在兩三年間有這樣的轉變，是一件要解釋的事。

不是國家職工有決定性

戴伏克夫婦最欣賞的是酒店頂樓西餐廳的服務。我自己最欣賞的，是吃早餐的地方。在那個茶餐廳裡，顧客多而不亂；女侍應笑臉迎人，大方得體；咖啡喝了一半，就立刻有人補加（但不需補錢）；久不久侍應生又會來問咖啡是否涼了。這些侍應生制服整潔，分布位置平均，互相不作閒談，對客人的需求反應快而不操之過急。這一切，比起七九年時我在東方賓館見到的早餐服務，有天淵之別——雖然侍應生同樣是土生土長的中國人！究竟發生了些什麼事？

我不敢低估新世界管理酒店的本領，但假若中國大酒店的職員是國家職工，持有鐵飯碗，尤其是持有鐵飯碗的高幹子弟，那麼算新世界是管理天才，也無技可施吧。那是說，假若工資是由國家決定，職工不能被解僱，管理服務的困難就會因為督察費用奇高而無法解決。換言之，在中國大酒店的中港合約中，港商所獲的開除職工及決定工資的權利，使善於管理的能大展所長。

根據我手頭上的資料，去年年底，中國大酒店僱用的各種職工共三千零八十三人。分類是：從香港去的一百七十九人；從大陸聘請的「合同工」（即月工）二千五百七十四人；「臨工」（即散工）三百一十五人；而持有鐵飯碗的國家職工只有十五人。人數最多的合同工及臨工，昔日是待業青年（或是未畢業的學

生），被選中後，肯幹，一登龍門，比國內的一般工資，身價大約是三倍。

最主要的合同工依照合約的安排，可以辭職，也可以被解僱，而工資不是由國家決定的。八四年全年內，被解僱的合同工共一百五十二人——外間謠傳港方管理不敢開除在中國聘請的職工之說，是不確的。同一期間，辭職的合同工共二百四十三人。據說這些辭職者中，大約有一半是因為不慣酒店的工作，或是不滿工作的要求；另外一半，大都是因為有了工作的訓練，找到了類似而薪酬較高的工作。同行搶聘是「資本主義」的競爭習慣，而這是「剝削剩餘價值」的論調不能容許的。馬克思的觀察力平平無奇也。

中國大酒店聘請的合同工，薪金分六級，從最低的每月人民幣一百一十六元到最高的二百三十二元（小帳不計在內）。這些薪酬中，大約百分之三十四是固定的「基本工資」，百分之二十是「生活補貼」，百分之四十六是「浮動工資」——後者是按職工的個別工作表現而增減的。「浮動工資」最高與最低的差距，大約是百分之四十。

薪酬差距的困擾

這裡要順便一提的，是在國內僱用合同工還要付給政府勞工保險及福利費用。我沒有中國大酒店要付

的職工福利費用數字，但據現有的資料，一九七九年，國家職工福利支出比工資還要高——達百分之一百二十三。這種生產未有苗頭而先強調福利的「社會」制度，若堅持下去，中國的前途就難以樂觀了。富裕如美國，政府只徵收工資百分之七作為福利金，也弄到一團糟。

目前的中國，中國大酒店差不多是最「完整」的私營企業，而中國的前途，要靠這些企業作榜樣，也要讓這些企業擴展到其他行業。在私營企業內，職工的福利及退休處理，由勞資雙方議訂，而這議訂的條件，是由市場競爭加以約束的。職工的福利，是勞資合約的一部分，與升職、加薪、賞罰、解僱等問題是不應該分開來處理的。若中國政府對外資的私營企業的職工福利大事左右，對勞工與中國的前途都沒有好處。雖然關於這觀點的理論及實證很足夠，但不簡單，不容易明白。我認為外商到中國投資，合同工的福利很可能會受到政府的干預而阻礙了投資者的意向。

另一項有關的問題，是中國大酒店（及另一間中港合資的酒店，其他的我沒有機會查詢）的國家職工（只有十五名）的工資，規定要等於香港去的同職職工的百分之六十。假若香港的同職職工的工資平均是港幣一萬元（這是我個人的大約估計），中國大酒店要付的同職國家職工的平均工資是港幣六千元。但國家付給這些國家職工的工資，平均不及二百元人民幣。這

是說，國家職工的工資經國家轉手，被抽起了百分之九十以上。這算不算是剝削呢？答案是，不一定的。國家職工的市值，不一定超過二百元人民幣。所以一個可能是國家抽起的是一種間接稅——不是抽國家職工的稅，而是抽酒店的稅。假若這個解釋是對的話，我認為中方是應該乾脆地抽直接稅。另一方面，因為國家職工不能辭職，也不能跟聘方私議合約，被剝削的可能性是存在的。

在另一間我已提及的中港合資的酒店，最高的主管是中國人，被抽取後的月薪是人民幣三百多元，而他屬下的香港職工，月薪是八千至萬多元港幣。雖然上級的工資不一定要比下級的高，但相去這麼遠，管理總有困難。當然，我們不能建議將月薪三百元的無故提升三十倍。薪金要反映職工的貢獻所值。主管的所值，怎可以遠低於屬下呢？我們也不應建議作主管的一定是要外來的。合乎經濟原則的做法，是主管不應有中外之分，只要有本事，有所值，就可以管。但這是要基於職工有轉讓權——可以辭職，也可以被解僱。換言之，合乎經濟原則的做法，第一步是要將勞力私產化。

示範有影響力

因為服務辦得好，中國大酒店的影響是明顯的。這間酒店在觸目地點，本地人可自由出入，而服務的

好與壞是任何顧客都能體會到的。東方賓館剛好在中國大酒店的隔鄰，因為要競爭，前者的服務比幾年前改進了不少——工資有了彈性，但膠飯碗仍在（我以為東方的地點不比中國差，而園地遠為廣闊，所以東方若改作私營，加以修飾，中國大酒店會有一個強勁的對手）。事實上，廣州市的酒店及飲食業的服務，一般而言，都有了很大的改進（例如荔灣及廣州酒家）。我們不能將這些改進都歸功於中國大酒店的影響——將鐵飯碗改為膠飯碗是一個重要因素。但當去年八月我到廣州時，中國大酒店如日中天，而整個廣州市的飲食業都在大唱改良服務的論調，我遇到的中國朋友不約而同地說是中國大酒店的影響。有了私營企業的比較，國營的「優越性」就相映成趣地難以自圓其說了。外資在中國就是施了這種壓力，而中國大酒店只不過是外資中最令人矚目的例子罷了。

（二）

經濟學有一個熱門話題，關於行為引起的目的以外的副作用。經濟學者把這些副作用加上了好幾個不倫不類的「學術」名詞（例如 externalities, technological spillovers），聽起來深不可測，說穿了就不過如此而已。一間工廠為了產出而污染了鄰近的物業，是一種有害的副作用，要怎樣處理才合乎經濟原則呢？一個農民種果樹，使隔鄰養蜂的人增加了蜜糖的

產量，是一種有利的副作用，又要怎樣處理呢？關於這些副作用的處理問題，高斯創立的定律石破天驚，但與本文無關，按下不表。

其他有利的副作用

跟本文有關的，是經濟學者一向擅於指出多種有害的副作用——除了蜜蜂採蜜及傳播花粉的例子，有利的副作用差不多一片空白。這是不着重實際觀察的純理論家要付的代價。

在中國的前途問題上，我花了兩期的篇幅寫中國大酒店，為的是要指出外資在中國不只是圖利那麼簡單——副作用的影響可能比產出賺錢更重要。我要強調那些常被忽略了的由外資引起的副作用。以中國大酒店為例是明顯的選擇，但這只不過是其中一個例子罷了。當然，外資所引起的副作用不一定有利——欺騙的行為存在——但一般而言，有利的副作用比有害的大得多。

以中國大酒店為例，它的服務起了觸目的示範作用，促長了競爭的壓力，而它訓練的人才外流，也是酒店本身收益之外的有利副作用。雖然國家職工的工資增加了彈性的發展起於中國大酒店之前，但這鐵飯碗軟化的現象，卻是在外資參進之後。估計副作用的價值當然難以辦到，但對正在改革制度的中國，外資

引起的有利副作用對中國的價值，可能遠超生產的直接貢獻。

令人感嘆的，是中國的執政者只懂得急功近利，漠視了副作用的重要。又因為有着多種管制，他們無意間把有利的副作用壓制了。舉個例。中國大酒店門戶開放，歡迎本地人光顧。本地人光顧酒店內的飲食的自由，有重要的傳達訊息的副作用。但因為外匯管制及一國二幣的存在，他們在酒店內支付人民幣，要在外匯券的價格上加百分之五十，雖然比起目前的黑市匯率，這「加五」仍是較低的價。最近中國政府要加強禁止外匯黑市，宣布酒店不准用二幣二價，「加五」變成了非法了。假若這政策嚴厲執行，只准二幣一價，那麼中國大酒店對本地人的光顧不會笑口常開。就算酒店非讓本地人光顧不可，該店怎會不把付人民幣的視作二等顧客呢？換言之，在有外匯管制及一國二幣的情況下，禁止二幣二價是壓制着一個有利的副作用。

半年前林行止為文批評中國大酒店用二幣二價的辦法，認為有失國體。他忽略了二幣二價是同價，也忽略了如果二幣二價被嚴禁，本地人會被歧視——國體安在哉？國體之失，不是因為二幣二價，而是因為促成二幣二價的外匯管制。面子的爭取是不能強人所難的。

目前，中國大酒店的應付辦法，是把白色的二幣二價市場改成灰色。本地人（或任何人）支付人民幣

要多付百分之五十，但這「加五」不算是附加，而算是按金。酒店發出「按金」收據，指明顧客在將來若能交還外匯券，酒店會依收據交回外匯券面值的百分之一百五十人民幣。中國政府如果真的要杜絕二幣二價，是可以的，但這不僅阻礙了一些互相得益的交易，而酒店的重要示範副作用也會被削弱了。

我在上文提及的有利副作用，是針對這作用對中國本身的影響。對外資或外商的影響也值得一談。中國大酒店的成就，跟幾年來我們常聽到的外資「焦頭爛額」的故事成了一個強烈的對比。中國大酒店對外資的示範，影響了後者到中國投資的意向。當然，近一兩年來我們聽到外資或外商在國內賺到錢的例子，也察覺到跟中國做生意是有着頗為明顯的改觀，但近年來我多次跟外商傾談，說到比較成功的例子，他們總不免要舉中國大酒店。

中國大酒店對外資的示範，有兩方面。第一方面是建築與裝修；第二方面是經濟的收益。在美國時我對建築有興趣，所以當我住該酒店時，我對它的建築與裝修特別留意。這酒店不是一間突出的建築物，驟眼看來平平無奇。細察之下，我覺得不簡單。這建築物既沒有「花招」，也沒有不倫不類的「藝術」設計，而是在平穩中瑣碎的東西做得好。例如房內大衣櫃的門拉合後不見空隙，浴室牆上的瓷磚井然，浴缸與牆之間的灰泥闊度平均而沒有裂痕，大廳的花崗石平坦而色澤一致。目前的中國，這些瑣碎工程的難度，一

般人不容易明白。我聽到不少人稱讚該酒店的冷氣及泳池的水——我從來沒有見過水轉得那麼快的泳池。

港商衝鋒陷陣的貢獻

中國大酒店的建築與裝修，要是在美國，是不值得書寫的；但將它放在還堅持鐵飯碗的中國，就稱得上是鬼斧神工。我們不妨考慮如下的困難：該酒店是一座西式的建築物，中國的工人有技術問題；裝修所用的絕大部分是舶來品，進口有多種管制，而忽略了一項或計算錯了又要再辦進口；大部分的工人是在國內僱用，香港去的與本地工人合作要有管理才能；廣州電力不夠，電話不通，食水有味，去污水的渠道容量有限，都要解決。據說中國大酒店的總建築費用大約是一億一千萬美元，跟香港差不多。雖然國內工人的工資遠比香港的低，但考慮到種種困難，這成本實在難以苛求。這酒店的建築與裝修的主事人的魄力是令人佩服的。

曾幾何時，幾位在中國設製衣廠的外商不約而同地告訴我，要在中國出產合乎規格的成衣難於登天。中國大酒店的建造，卻顯示事有可為。形容這些港商是衝鋒陷陣，奮不顧身，應該是適當的。

中國大酒店由六位港商合資，都是甲級的生意人物。要是他們在這項投資上損了手，其他的外資豈會

不望門興嘆？大致上，該酒店的中港合約為期十五年（啟業後起計），其後港方就要將酒店交還中國。港商出了百分之三十的現金，其餘的資本是借來的。收入的盈利是要先歸還本息。一年前的估計，將全部本息歸還（連港商的現金本息）大約需十至十一年。餘下年期的盈利，中方與港方平均分帳。

從經濟學的角度看，任何在利息以外有收入的投資都是好投資。港商明白這一點，但我卻不同意他們的觀點，認為在五年前這項投資是上算。這是因為任何投資都有風險，而在中國投資的風險要比其他地方大得多。息本歸還是十年後的事，依照中國以往的左革右革的經驗，血本無歸的可能性是不小的。更重要的，是在五年前（酒店合約的簽訂日期是八〇年四月二十一日），美國的萬無一失的除去通脹的實質長線年息利率高達十至十二厘！投資中國大酒店怎能勝過當時的美國債券？所以港商當時的決定，總是給我一點「愛國多於愛錢」的感覺。

從目前的形勢衡量，這項投資是上算的（雖然仍及不上當時買美國的長期債券）。這是因為有三個比預期好的因素。第一，比起幾年前，利率有了大幅度的下降。第二，酒店範圍內的辦公及公寓大廈（尤其是辦公的那一部分），收入比預期好。第三，客似雲來，酒店本身的房租升得比預期的快。假若現在的形勢不惡化，歸還本息的日期大約可減少兩年。

　　對外商而言，有錢可賺的訊息，遠比任何口號有說服力。這是中國大酒店及其他賺錢的外商所作出的常被人忽略的對中國經濟發展的貢獻。

　　我認為中國的執政者應該從中國大酒店及其他外資的經驗中體會到寶貴的啟示。他們應該體會到國家職工制的一無是處，應該開始明白自由擇業及轉業所含意着的勞力私產化的重要。他們應該瞭解到國營能勝私營的生產或服務，機會甚微。他們也應該考慮若將土地租出或賣出給外商，合約容易處理，而外商更能盡展所長。地租或地價的收入，會因為交易費用的下降而比他們現在預期的收入高。解除外匯管制，減少入口及其他限制，讓勞資雙方議定福利，不僅會增加職工的利益，土地的價值也會因而上升。左抽右抽的瑣碎收入的總和，遠不及租地或賣地的收入可觀，而後者更遠為乾脆。但土地是不應該由政府待價而沽的——政府要儘可能讓資本落在善用者的手上。（如果香港老早用上近十年來的補地價政策，經濟不會有今天的成就。）把土地私產化，讓投資者在市場上競爭，得益的是消費者。

　　賺錢對社會有貢獻，但急功近利可能有害。中國大酒店及其他外資在國內所施的壓力，中國政府是不應該因小利而反抗的。合乎經濟原則的做法，不是反抗外資的壓力，而是將國營企業私產化，與外資競爭。最近深圳菜農事件的處理，是一個因小利而反抗外資壓力的例子。因小失大，對中國的經濟發展沒有好處。

補鞋少女的故事
——為中國的青年說幾句話

一九八六年六月一日

在廣州，在深圳，在中國比較自由開放、比較繁盛的鬧市街道上，我們往往看到一些年輕的少女，坐在路旁替顧客補鞋。男的補鞋青年也有，但比女的少。我在深圳八個地點點數的總結果，是男的二十四個，女的三十五個。

自由擇業鼓勵知識投資

我要把這些補鞋的青年歸納在我對中國經濟研究的一部分，有兩個原因。第一，他們既年輕——大約在十六至二十歲之間——而人數又相當多，觸發了我的好奇心。第二，補鞋不是擦鞋，不是幾個小時就能學會的服務。當然，補鞋算不上是一門高深的專業，但總算是一技之長，是一種要花時間學習才能爭取到的知識資產。在共產制度中，知識投資一向乏善可陳，但這些在街頭補鞋的青年，顯然是不需政府資助而自己

投資的。我想，這是難得而重要的現象，值得研究。

一九八六年一月，我在深圳訪問了一對補鞋的男女。四月間，我又再訪問那個女的。據他們説，在中國各地街頭以補鞋為業的青年，大部分來自浙江省的黃岩縣。這個縣以針繡工藝馳名，很多孩子從小就掌握家傳的針繡技巧。一九八〇年後，中國比較開放了，離開家鄉出去闖天下比較自由。另一方面，在縣裡操農業工作的時間不多，而其他的粗活，每月所能賺到的只不過是人民幣二十至四十元。所以，黃岩縣的長輩就想出一個主意：教孩子們學補鞋，然後讓他們離開家鄉到處賺錢，幫補家計。

有了針繡根底的孩子，學補鞋要六個月；沒有根底的要學一年。補鞋的主要工具，是一部可以手提的縫紉機。這縫紉機最初售價是人民幣一百元，但後來買的人多，產量增加，成本下降，價格降至七十元。黃岩縣的青年學了一技之長，就帶備了縫紉機及其他小工具遠離家鄉去謀生。據説，遠在黑龍江或新疆一帶，也有他們的蹤跡。

苛政猛於虎也

補鞋的青年在深圳的收入聽説比其他地方好，但到那裡的手續辦起來比較困難，而近年來批准的機會更少了。在深圳，補鞋的收入每月大約是人民幣三百

元——這比鄉間的收入高出大約八倍。除了食宿衣著費用（每月約一百元）、材料及雜費（每月五十元），還有就是工商局及居委會每天都會派員來收費。收費起初每天五角，現已升至每天一元五角了。比對之下，這是一項很大的徵收了。沒有資本家的「剝削」，卻來了一些比馬克思筆下的資本家還要屬害的徵收「機構」，是目前中國制度改革下的諷刺。一時間，我想起《孔子過泰山側》的故事。

除了一切費用開銷，每個補鞋青年每月可寄大約八十至一百元回家。據說，黃岩縣有很多新建的房屋，是靠這些青年資助的。為了證實這一點，我本想到黃岩縣走一趟，但因事忙作罷。

補鞋的青年，尤其是那些少女，由於年紀太小，家長要他們聯群結伴才可離鄉遠行。在廣州或深圳，他們前呼後應、互相照顧，其中有表哥表妹的同操這個行業。我在深圳訪問的那個少女，跟五個女同伴一起租住一個房間。除了雨天，她們的工作時間是從早上七時至下午六時。她們吃的午餐是些粗餅或麵包，而晚餐也是僅可充飢的麵食而已。她們蓬首垢面，留下烈日與塵沙侵蝕過的痕跡，手皮粗厚，四肢擦傷的地方不計其數，反映街頭幹粗活並不好過。但她們堅持說比以前快樂得多，顯出敬業樂業的精神，令我深感佩服。（四月二十九日的《明報》某版報道：補鞋的少女當娼。這種事當然有可能——世上何地無娼？但我認為絕大多數潔身自愛。）

在深圳，補鞋的主要季節是冬天——夏天的涼鞋是補不了的。所以，炎夏快至時，補鞋的青年紛紛回鄉，幫做農村收割的繁忙工作。

中國採取比較自由的經濟政策後，補鞋行業隨之而興。上述是其中補鞋青年男女一個故事的大略。但故事的含意遠比故事的本身重要。

先天甚足，後天失調

我一向認為中國人的先天智慧及刻苦耐勞的本領，決不亞於世界上任何其他民族。然而，無論是學術的成就，生活的水平，中國的表現使中國人無地自容。說什麼因為人口太多、資源短缺，其實都是一些毫無實證的藉口，老早給香港及日本的例子推翻了。大約一年前，史丹福大學的胡佛學院一位很負盛名的高級研究員，從美國到香港來搜集資料，約我會面，為的是要問我一個問題：「為什麼在美洲、歐洲、東南亞各地，中國人都能出人頭地，成就屢見經傳，但偏偏在中國本土卻是那樣沒出息？」這問題似深實淺。我於是不假思索地回答：「不是制度是什麼？」

淺的答案，往往有深的含義。補鞋少女的故事不僅證實了我的觀點，而且那「證實」足以令人震驚。試想：單是讓這些青年有一點走動的自由，一點擇業的自由，他們的收入在幾個月之間就增加了八倍！這

是翻三番，不是翻兩番，而這些青年不用到本世紀末就有這樣的成績了。

兩年多前我發表了一篇題為《與木匠一席談的聯想》的文章，指出從大陸偷渡來港的青年，有了自由，學到了一門木工的技藝，幾年之間收入激增二十四倍。我又指出，不管我們用什麼因素來為這升幅打折扣，餘下來的增長率還是十分驚人。補鞋少女的故事，證明了收入激增不一定是要跑到香港才能辦到的。

何必妄自菲薄

我在其他文章裡也曾指出，在中國的制度改革下，國民總收入的迅速增長，是不值得大驚小怪的。共產制度的經濟劣跡，不堪回首，稍加改革，收入增長以倍數計不足為奇。中國近幾年來每年百分之十以上的增長率，從樂觀的角度看足以雀躍，但從悲觀的角度看，卻反映出制度改革之不足。說什麼「過熱」、「過速」，要緩慢下來，實在有點「口出大言」，因為這些說法通常是用以描述一個經濟發達國家的現象。

鄧小平希望中國到了公元二千年，國民每年的平均收入能達到現在的美金八百元。達到了又怎樣？這等於現在每人每月港幣五百元，仍然近乎一貧如洗！鄧氏顯然是給中國以往的經驗、給那些所謂「第三世

界」的經驗，或給那些先進國家的經驗誤導了。他似乎忽略了中國的制度改革是史無前例的：只要改得好，大膽地開放、取消那些妨礙市場發展的管制、推行法治及明確的產權制度，所有其他國家的經濟增長經驗是不足以為例的。既然經驗是中國獨有，何必妄自菲薄，翻兩番就心滿意足？

補鞋少女在幾個月間收入增加八倍，是否例外，難以肯定。但究竟多少倍並不重要，重要的是收入的激增是自由發展及勞力私產化的結果。為什麼中國幾十年來高舉着為人民謀福利之旗，卻一直沒想到自由發展能帶來的好處？以中國人的智慧，為什麼連這樣淺顯的道理都沒想到？是受了馬克思的影響？是為了要保持「黨」的正確無誤？抑或要維持等級特權的利益？要把大地主、資本家清算、殺頭，是一回事，但中國的青年又犯了什麼罪呢？這些問題，令人思之惘然。

我在上文提到，作為一項知識投資，補鞋的確沒有什麼了不起。但這也不重要：重要的是那些補鞋青年畢竟是下了注，作了投資，得到了一門專業，算是人材。我們要問：為什麼這些青年（或他們的父母）要到近幾年才在知識投資上打主意？答案也是淺顯之極：經濟開放，使他們看到知識投資有利可圖，於是很快就作了決策。比較深入一點的經濟學解釋，是自由擇業意味着人力資源是私產，加上產品可在市場出售，收入可獨享，知識投資就增加了。

故國不堪回首月明中

中國在文革期間把知識破壞殆盡，以致目前人材短缺得難以形容，這點，中國的執政者是知道的。然而，他們可能還不知道，勞力一旦變為私產，知識投資就一日千里！勞力資產是這樣，其他資產也是這樣。令人惋惜的是，中國的執政者還是墨守成規，堅持其他資產應為國有。另一方面，勞力資產的知識投資，是會嚴重地受到其他合作的資產的「非私有」的不利影響。假若中國把其他資產像補鞋青年的勞力一樣，界定為私有，知識投資會更加彰顯。這是可以斷言的。

一年多前，某雜誌訪問我，言談間使我想起而且提到孩童時代在中國抗戰期間的不幸遭遇。我還因此談到，一九六八年在芝加哥大學一次大師雲集的聚會中，我應邀作農業經濟的主講。當時我走到台上，戰戰兢兢地打開文稿正要朗讀時，突然間想起早年在廣西農村結交的但早已不知下落的小朋友。我把文稿推開，說：「我今天能站在這裡是很榮幸的。但我要你們知道，當你們在亞洲的農村裡看到茅舍前那些在爛泥地上打滾的孩子，我曾經是其中一個。假若他們有我的機會，他們今天也可能站在這裡。」

一個從事教育工作的人，聽到了補鞋少女的故事，想起四十多年前在中國結交的小朋友，知道他們所缺少的只不過是他們應有的一點機會，我不能不站起來，老老實實地為中國的青年說幾句話。

三、謬論與定律（七篇）

荒謬的「定律」
——兼與林行止商榷

一九九二年三月二十日

　　經濟學與其他科學一樣，久不久有一些怪誕不經之論，在邏輯上錯得離譜，而且沒有事實支持，但行內總有一些人認為是驚天偉論，把它奉若神明，不敢對之「冒犯」。

　　在這些謬論中，有一個名為「格拉森定律」（Gresham's Law，又稱葛氏定律）。《信報》的林行止曾多次在他重要的「政經短評」裡抬舉這定律。幾個月前，我翻閱《信報》，見該「短評」的大字標題是：《格拉森定律是投資的最高原則》，使我為之愕然！該文開門見山地寫道：「我們在這裡曾多次談及的『劣幣驅逐良幣』，是少數經得起歷史考驗的經濟定律。」

　　我想，假若格拉森（葛氏）的謬論是少數經得起考驗的經濟定律，那麼經濟學真的不堪一學了。

　　故老相傳，格拉森定律是指英國十六世紀中期，

流通的金幣有新有舊，新的完整，是「良幣」，舊的給人輕輕地磨掉小量的金，成為「劣幣」。在市場上，使用貨幣者都搶着使用劣金幣，將完整無缺的良幣收藏起來。因此，「劣幣」就把「良幣」逐出市場了。

邏輯上，這定律似是而非，錯得離譜！試想，在有優、劣金幣的情況下，購物而付出金幣的當然要用劣幣。問題是，賣物而收幣的人可不是傻瓜，怎會不見劣（金）幣敬而遠之？賣物者是願意收劣幣的，但物品的價格必定要提高，藉以補償劣幣的所值；另一方面，以良幣購物的，價格會較相宜。這好比國內今天通用的人民幣與外匯券，前者「劣」，後者「良」；在當地購物，只有傻瓜才不會按貨幣的優、劣而討價還價。當然，一些糊塗的外來遊客，不知其中大有玄機，以外匯券當人民幣使用，將格拉森定律倒轉過來，試圖以「良幣」把「劣幣」逐出市場，使識者為之不值矣！

大約六年前，曾獲諾貝爾獎的英國經濟學家希克斯（J. R. Hicks）到港大來演講，談到英國的經濟歷史，也就提及格拉森定律。他講話後，我對他說，這定律是謬論；也將我的理由略說了。他回答道：「你對這定律的質疑我同樣地想過。我認為這定律假若是對的話，那麼當年的英國人一定是很蠢的了。」我縱聲大笑，說：「最蠢的應該是格拉森呀！市場上的人再蠢也知道金幣有優、劣之分。格拉森怎可以假設購物者知道，而售物者卻懵然不知呢？」希前輩搖頭輕

嘆，說：「這定律只是傳言，從來沒有誰拿出可靠的
證據來。」

「劣」把「良」逐出市場的例子不是沒有，但不是
格拉森那樣的想法。名畫家林風眠逝世後，他的遺作
在拍賣行所見的，多是較差之作，精品數十無一。這
顯然是因為任何畫家的精品都不多，收藏的人以為精
品的相對價格會上升，而較差的多的是，就把精品收
藏起來了。

另一方面，情況相反，「良」把「劣」逐出市場
的例子也有。廣州解放前的一兩年，當地市場只用港
幣（良幣）；什麼銀圓券、金圓券（劣幣）供過於
求，無人問津也。這是因為紮起來就一大捆的「劣」
幣攜帶不便，幣值不保，用者有意，收者無心。這是
中國的悲劇。

即使今天，深圳的一些高級食肆也只收港幣（良
幣）而不收人民幣（劣幣）。良、劣照收的，大都在牆
上告示牌寫明港幣與人民幣的黑市匯率。黑市不黑，
是我們偉大祖國的偉大之處！

莫名其妙的謬論，被行內人視如至寶，經濟學是
屢見不鮮的。格拉森地下有知，不用沾沾自喜，也不
用耿耿於懷。二十世紀五十年代的經濟發展理論，其
邏輯比不上格氏定律，但信者甚眾。六十年代大行其
道的「界外效果」（externalities）分析，一塌糊塗，
但卻有口皆碑。要不是我在一九七〇年手起刀落，這

95

個糊塗概念今天還會繼續大行其道。二百多年來的傳統的佃農理論，都把地主們當作傻瓜，農民大可欺而騙之。馬克思的學說，高深莫測的術語多，內容乏善足陳，而信之者把刀、槍拿起來了。馬克思可沒説過，資本家是要被殺頭的。

　　每個人，連我自己在內，都曾經在愚蠢的思想上中過計。這樣的中計無傷大雅。但在科學上，眾所認同的觀點不僅不一定對，而且往往錯得離譜。因此，從學問那方面看，任何理論只可以被「考慮」，而不可以被奉若神明的。因為誤信而拿起刀槍的人，實在過分熱衷於社會的改革了。也許，他們不是為了社會，而是為了自己的利益吧。這是本文的題外話了。

走火入魔的「風水派」

一九九七年五月二十三日

《信報》五月三日的社評，題為《墨守成規不可取，離經叛道有可為》的，題目有吸引力。細讀內容，是描述一套走火入魔的新經濟學，忍不住要回應一下。

社評的內容，是關於美國的一個名為聖信德（Santa Fe）的小市，創立了一個新的聖信德經濟學派，高手開始雲集，包括了曾經獲諾貝爾經濟學獎的阿羅（K. Arrow）。這些都是聰明之士，ＩＱ爆棚的。他們利用先進的電腦科技，高級的數學方程式，構成「非常」的「武器」，來對付「非常的課題」。社評又說，這「非常課題」的答案，是「千百萬股民夢寐以求」的。「求」什麼？求發達也。聖信德學派的天才高手，當然也是股民，也想發達。

據社評所說，對那「非常課題」，「聖信德有了初步解釋」！據我所知，可惜的就是「初步」，因為到今天，聖信德的天才，離發達之期尚遠！我個人的估計，大約還要等三億年。

　　有了答案就可以大發其達的「非常課題」是什麼呢？是「經濟學家長期以來無法理解的一些現象，如股市投機泡沫的出現和破裂等」。類似的「非常課題」，三十四年前我和幾位同學也研究過。今天重聽，忍不住哈哈大笑，曰：「弍字都冇咁淺也！」我這樣說，是有不膚淺的哲理的。

　　一位ＩＱ爆棚的朋友，凡事都說淺、淺、淺的，有一次我考他一考，問：「『弍』字是什麼字，其意為何？」他想了很久，想得面紅耳赤，總是答不出來。我以安慰語氣對他說：「『弍』者，『一』也；《壹週刊》之《壹》也；『一字都冇咁淺』之『弍』也！」

　　「一」字當然是淺的。但假若你走火入魔，用上連字典也不容易找到的「弍」字，那麼就算你天才絕頂，充其量只可以自欺欺人，說穿了，既不高深，也不絕妙，只能令人啼笑皆非而已。

　　經濟學上有好些不能（其實是不容易）解釋的「非常」現象，可不是因為這門學問的理論中看不中用，要「發明」新的，而是因為世間的局限條件千變萬化。經濟學理論的有效運用，是先要準確地把有關的局限條件研究、調查、鑑定、簡化。這是很艱巨的工程，與方程式的多少或深淺扯不上關係。就算一些不是「非常性」的、微不足道的經濟現象，一個經濟學高手，往往要窮一生之力，才能稍懂其局限條件的結構。阿羅等人是數學天才，也是理論天才，但他們

對世間的真實局限條件，卻沒有下過什麼功夫。

六十年代興起的交易費用——包括訊息費用——學說，是一個革命性的發展。交易費用是重要的局限條件。為什麼在此之前經濟學界對之視若無睹，是另外一個話題；而後來經濟學界懶得去考查交易費用的局限條件，轉向博弈理論（theory of games）那方面的數學發展，又是另一個話題了。我認為，「懶」是人之常情，而這「常情」是這兩大話題的答案。

回頭說聖信德學派的「非常現象」，其解釋的困難，真的是「一字冇咁淺」。市場的訊息不僅費用奇高，而且訊息有真有假；更過癮的是，不同的人有不同的權利，而不同訊息會落在有不同權利的不同的人的手上。

有一次，我與佛利民挑燈夜談，對他說：「經過了二十多年的觀察，我對你多年來所倡導的控制貨幣發行量的政策，有所懷疑。我今天認為，回復昔日的金本位制或採用其他本位制，是可取的。你的貨幣理論絕對一流，問題是不同的人有不同的訊息費用，而準確的訊息往往落在有權力的人的手上，使他們可在市場大賭幾手而成大富，外間的人不知道，就是知道了也無可奈何，這些持有可靠訊息的人不賭才怪！此賭也，可以使市場大起波動，對經濟發展有害無益。」我跟着舉出匯率波動的例子，利率波動的例子，股市波動的例子，指出在這些市場中，某些人可以有利可

圖，因而增加了我們在外間認為是莫名其妙的大波動。

讀者不相信嗎？如果鄧小平還健在，大家一起在香港的股市上大賭一手，你要買聖信德的眾多天才再加十倍勝出，還是買鄧小平這個連一條方程式也不懂的人勝出？

我們不容易解釋市場的好些現象，尤其是宏觀性的某些暴升暴跌的現象，是因為世界的局限條件太複雜，而在這複雜的情況下，有些人在訊息上處於有利位置，可以預先知道一些訊息，在市場大賭幾手，風花雪月去也。有些人處於另一種有利位置，可以製造新的局限條件，或刻意而又成功地誤導市場。一些市民或股民，以為自己有先見之明，又或者以為自己掌握到一些內幕消息，糊裡糊塗地下注；而其他的好些股民，本着那所謂「牛群直覺」，一窩蜂盲目地炒上炒落。

如果我們能知道複雜無比的訊息局限條件的大概，而又知道這些訊息對不同的人的分布，那麼「非常性」的市場現象，大學一年級的經濟學理論就可以解釋得很清楚。但假若有舉足輕重的人能深知上述的局限條件，推斷市場的去向而準確地下注，市場的走勢就會由於這「準確下注」而改變了。

在市場因為沒有人能知道局限條件的整體而引起的波動中，或然率往往使某些數據有連繫性的出現。

這使好些人認為他們按這連繫下注便有利可圖。歷史上，好些人以這種下注方式賺過大錢，但其實是或然率讓他們在某波動時期吃到甜頭。但歷史上，這些「高手」也往往因或然率而破產收場。

股市上的所謂圖表派，是因為或然率容許有不盡不實的數據連繫而促成的。歷久以來，我稱「圖表派」為「風水派」。

聖信德學派是圖表派的絕頂高手。因為電腦的功能愈來愈了不起，市場的數據可以大量搬進電腦去，一按掣就大有可觀。這些高手不僅懂電腦，且數學高不可攀，又用上巧妙的假設，於是使人看來更是敬畏有加了。

問題是，這些天才忘記了科學方法的第一課。不管電腦如何了得，不管方程式如何湛深，他們是以市場的數據來解釋市場。這是以事實解釋事實了。邏輯上，這是不可能的。

一百年前，英國經濟學大師馬歇爾（A. Marshall）說得清楚：最魯莽、最不負責任的研究者，是有意或無意地以事實來解釋事實的那一類。此乃聖信德之類也。

博弈理論的爭議

二〇〇一年七月十二日

　　兩個月前在廣州中山大學講話，惹來意想不到的非議！主要原因，是一個學生問及博弈理論（theory of games），我說還看不到這理論對解釋現象有什麼用處。講話被整理後（我沒有看過）在報章上分兩期發表，後來被轉載在北大的網上論壇，跟着的爭議風起雲湧，罵我的及替我辯護的大約一半一半。

　　首先要說兩件事。第一，我認為學生罵我是好現象。幾年來我屢次說國內的學生了不起，私下裡朋友質疑。這次學子反對我的觀點，明顯地有進步。不是因為我認為他們對，而是他們不管我是什麼教授。第二件事是不幸的。那是在這次爭議中，有些學生說我是憑着大名發言，有點浪得虛名也。這不對。我最討厭大名。我的「大名」是你們學生強加於我，使我啞仔吃黃連，有苦自知。這裡我要鄭重聲明：任何學生若再說我憑什麼大名，就是看我不起。學術上的行規你們怎可以不知道。你要批評我的學術，找我發表了的學術文章來出氣好了。我是不會回應的，但文章既

103

然發表了，你們大可手起刀落——不要斬我，要斬就斬我的文章。也不要斬他人說我說過些什麼，翻譯的也作不得準，要斬我親手寫出來的才算是英雄好漢（一笑）。

閒話休提，言歸正傳。說我不懂博弈理論，雖不中亦不遠矣！我只在一九六二年花過幾個星期的時間研讀 J. von Neumann 與 O. Morgenstern 的名著：《博弈理論與經濟行為》。不是我喜歡讀，而是在研究院內選修的一科規定要讀。其後在有關博弈理論的幾個題材上跟了好一段日子，一無所獲。後者是我今天不認同這理論的一個原因。且讓我先舉出四個我「跟」過的例子。

例一是 duolopy 與 oligopoly，那所謂寡頭（指三幾個賣家）競爭。這是博弈理論的大題目。只幾個人競爭，各出奇謀，不是博弈是什麼？問題是，只有兩三家看得到的出售同一物品，可能有數以千計的在旁觀望，見有利可圖時才加入。博弈的不單是看得到的三幾個人，還有看不到的數以千計。競爭從來不是指看得到的競爭者，而是包括所有可能的競爭者。博弈理論要算多少個？

大約一九六六年吧。我從賭城拉斯維加斯駕車到三藩市去，路經之地全是沙漠。天大熱，攝氏四十多度，汽車沒有冷氣，口渴之極。車行了很遠皆四顧無人。後來到了一個地方，見有五、六人家，其中一家

門前掛着可口可樂的招牌。我急忙跑進去，買了一瓶冰凍的可樂，只二十五分錢。我想，要是賣者叫價五元一瓶，也是相宜之極，為什麼只售二十五分？

離開時，我見到有幾個鄰家的孩子在地上遊玩，恍然而悟。我想，要是賣可樂的人把價格提升，這些孩子就會叫父母替他們購置冰箱，大做可口可樂的生意。

例二是 Hotelling Paradox ，也是有名的博弈遊戲。這個怪論說，一條很長的路，住宅在兩旁平均分佈。要開一家超級市場，為了節省顧客的交通費用，當然要開在長路的中間點。要是開兩家，為了節省顧客的交通費用，理應一家開在路一端的四分之一，另一家開在另一端的四分之一。然而，為了搶生意，一家往中移，另一家也往中移，結果是兩家都開在長路的中間，增加了顧客的交通費用。

這個兩家在長路中間的結論有問題姑且不談，如果有三家，同樣推理，他們會轉來轉去，轉個不停，搬呀搬的，生意不做也罷。這是博弈遊戲了。但我們就是沒有見過永遠不停地搬遷的行為。

例三是市場的討價還價。經濟學的課本是不容許討價還價的，但這種行為觸目皆是。怎樣解釋真的是頭痛了。一九六三年我開始想，好幾次認為得到答案，但還是兩年前想到的答案算是滿意的。我的答案姑且不論，傳統上有些朋友試以 Core Theory 作解

釋，也有以博弈理論作解釋，都沒有收穫。我自己的解釋是一個大秘密，想了三十多年，讀者要再等兩個月讀我在《蘋果日報》連載的《經濟解釋》才知道。到時你可能不同意，但我可預先告訴你，我的解釋用不着博弈理論。是的，討價還價是最常見的博弈行為，要是博弈理論連討價還價的存在也不能解釋，那又怎能自圓其說？

例四是我在一九六九年提出的「卸責」問題了。這是博弈理論捲土重來的導火線。我不認為「卸責」及好些有關或類同的概念，在解釋行為上有大作為。我自己的老師及一些朋友不同意這個觀點。我曾經幾次細說我的立場，不再說了。不同意是有趣的事，就讓大家不同意下去吧。

例子歸例子。我不走博弈理論的路，不是因為我認為人是不會博弈的。人當然會博弈，但我們要怎樣解釋人的行為呢？我不走博弈理論的路，是因為我認為在科學方法上這條路走不過。那是維也納學派劃下來的科學方法。可能不對，但那是我所知的而又認為是可取的。這些年來，我自己想來想去，認為驗證理論的含意時，在原則上可以觀察到的才算是事實，而驗證一定要以事實從事。我因此在抽象理論與事實驗證的轉接中下了多年功夫，滿足了自己的好奇心。

博弈理論的困難，是太深奧了。我看不到博弈專家所說的事實是事實；看不到博弈理論有什麼含意可

以明確地被事實推翻。

　　以科學解釋現象或行為，我說過了，不是求對，也不是求錯，而是求可能被事實推翻。是要很明確的可能，被推翻了就是推翻了的，然後我們用手指打個「十」字，跪下來禱告，希望上蒼保祐，事實不會推翻那驗證的含意。博弈理論是不會給我們這個禱告的機會的。

訊息費用與類聚定律

二〇〇二年十二月十九日

　　那天晚上與幾位朋友在一家五星酒店的咖啡廳喝酒，見到二十多位小姐行來行去，是歡場女子，賣笑佳人是也。這些小姐的相貌與身材都有水平，而奇怪的是水平差不多，很平均，沒有仙女下凡的也沒有目不忍睹的。以十為滿分算，朋友們打分都是七分或八分，沒有一位小姐是七、八分之外的。這奇怪的平均是有趣的經濟現象，作為經濟解釋的老手，我一想就明其理。

　　我的解釋是這樣的。據說這些小姐的每次交易大約是一千元，討價還價可減至八百。我想，賣笑行業的交易價格不能公開，顧客不便逐個小姐問價，所以價格的訊息費用不菲。如果能像好些物品那樣公開標價，仙女下凡的胸前掛着二千大元，不堪入目的掛着三百小元，那麼仙女與醜女會混在一起，在同一市場賣笑。然而，價格不能公開，顧客所知之價只是一個平均約數，以為每位小姐之價差不多。這樣，仙女與醜女皆不能在這市場立足。前者的機會成本過高，要

虧蝕；後者無人問津。

賣笑佳人的相貌與身材的質量來得那樣平均，是價格訊息費用高而導致的結果。這也是說，是價格的訊息費用導致質以類聚。我稱之為「類聚定律」。近六十七歲還能在數秒鐘之內把這定律想出來，寶刀未老，不禁沾沾自喜。讓我試把上述的定律一般化，然後伸展到與此定律有關的話題上去。

不標價而又不便多問價，其價格訊息費用是高的。但好些有標價的行業，因為質量有訊息困難，質以類聚的現象也明確。知價而不知質，基本上等於不知價。這是因為不知質量是高是低，標出之價是否有所值是一個大疑問。這樣，質以類聚的安排又出現了。

舉一個例，賣影碟，盜版貨是在同一市場出售的。售者說是正版，但顧客一看價格，心知肚明，信你都傻，不會為真真假假的問題爭論。如果有真的正版在同一市場出售，珠混魚目，顧客也當作盜版下注。

舉另一個例，拍賣行拍藝術作品，大名鼎鼎拍賣行的貨色不一定全是真品，但贗品總要有高水平，非專家不容易看出來。如果外行人能一望而知是多有贗品混在其中，經過幾次這樣的拍賣，該拍賣行的大名就會急速下降，使拍賣品一般跌價。事實上，好些大名的拍賣行一年舉行兩次大拍賣，多次小拍賣。大拍

賣是拍精選的，質量比較可靠，而小拍賣則較為馬虎，贋品的比例上升。

當然，因為鑑證的訊息費用不菲，小拍賣也偶有精品。我曾經以三千元在小拍賣中投得兩小幅納蘭容若的墨寶真迹，因為我和我的專家朋友比拍賣行的專家看得準。但我和太太要親自坐飛機去競投，志在必得，其旅費、時間費用高出物價好幾倍。不見經傳的小市鎮的藝術品拍賣，差不多全是假貨。這也是質以類聚了。偶有真貨，但非常少，混在其中是因為小鎮專家不到家，誤把真貨當假貨賣，其價偏低。我有兩位專家朋友賺取真貨假賣的錢，但他們要用功研究，錢不易賺，這也證實我提出的類聚定律是對的了。

再談一個例子。那就是名牌的現象。大名鼎鼎的名牌子可以很值錢，因為有名牌效應。名牌首飾、手錶、服裝、皮包等，都是例子。這些名牌的公司花巨資賣廣告、設計及註冊商標，非常嚴格地控制產品的質量，而為冒牌貨打的官司費用不菲也。比起籍籍無名的牌子，名牌產品的製造成本不一定高很多，但訂價則高很多。不一定賺很多錢，因為維護名牌形象的費用高。

與我們這裡提出的類聚定律有關的，是質量的訊息費用使顧客不知道（或不肯定）標出來的價是否正確地反映質量。名牌是質量的保證，而這保證是不容易高質與低質一起保的。好些瑞士的手錶廠商用幾個

牌子，高質與低質的牌子不同，名牌代表高質，雜牌低質。這是因為訊息費用的存在而以牌子不同的方式來搞質以類聚。

一個相關的有趣現象，是大名鼎鼎的牌子很喜歡採用不二價政策。很多專賣名牌的商店不容許顧客討價還價，而在香港盛行討價還價的手錶零售行業，名牌的開價與成交價的百分比差距遠較雜牌的為小。這個現象的含意，是名牌代表着質以類聚，而如果容許大幅度的討價還價，高質類聚的形象守不住，以致付出大投資吹捧起來的名牌，會因為同樣物品的價格變數過大而失卻其名牌效應。

以上分析的類聚定律，是指質以類聚，不是物以類聚。中國成語老是說「物以類聚」，從物品或產品的市場看，這也是有的。物以類聚的成因，主要不是因為質量的訊息費用或價格的訊息費用，而是因為要減低找尋物品的費用。

小如一家商店，賣文具，或賣五金，或賣手錶，其物品的類聚是方便顧客找尋有目的、有意圖購買之物。沒有人會那麼傻，跑進文具店去買手錶。小商店之外的大商場，也有物以類聚的傾向。賣電腦的，賣服裝的，好些時是多間類同的商店聚在一起，雖然大家競爭比較激烈，但類聚方便了那些有某些物品為目的之顧客，為了招徠，不同商店也就物以類聚了。這是類聚的第二定律。

這商場物以類聚的現象顯然沒有一般性。那所謂「百貨商場」是說物不類聚。大家常見的購物中心（shopping center），主理的人一般刻意也選取出售不同貨品的商戶租客，每類貨品的商戶數目有規限。一方面，這是為了方便一般比較漫無目的之顧客或一家大小齊購物。另一方面，太多出售某類物品的商店會使購物中心的租值下降。

百貨商場或購物中心其實有另一種類聚。那是類聚漫無目的之顧客，或類聚採購幾項物品的，或類聚一家大小逛商場，其成員各有各的需求。這是類聚的第三定律。

欺騙定律：鹹水草與淡水蟹

二〇〇三年一月七日

在電視看到一則新聞，是舊現象，只是政府最近才注意罷了。從國內運到香港應市的淡水蟹，被鹹水草捆綁得乖乖的，受到顧客投訴。顧客要買的是蟹，不是草，而浸透了水時草的重量只略低於蟹的。這是說，賣一斤蟹，草的重量佔大約百分之四十五。據說政府正在考慮提出起訴，罰款高達二萬四千。

一個賣蟹的人在電視上解釋，蟹的重量之價歷來是包括鹹水草的重量，如果只稱蟹不稱草，蟹之價肯定要上升，否則血本無歸也。這解釋當然是對的。

我不明白為什麼政府有時間去管市場習慣。如果有市民不知道蟹價是連草稱的，濕草很重，鹹水草不能吃，那麼說明澄清就可以了。一般市民不會那樣蠢，不知道賣蟹是連草稱，或不知道鹹水草不能煲湯或下酒。當然，好些顧客像我一樣，不知道鹹水草那麼重。但下文解釋，在競爭下，鹹水草怎樣重也無關宏旨，顧客不會真的受騙。賣假蟹是另一回事。

政府干預鹹水草捆綁着淡水蟹而出售，有格外過癮的困難。剪去草才稱嗎？蟹爬來爬去怎麼辦？剪掉了草，稱後再捆綁不僅費時，而在香港賣蟹的不一定是捆綁專家，捆綁不善，顧客買了回家，綁自動鬆了，兇神惡煞的蟹在家中橫行，張牙舞爪，孩子們叫救命，倒也有奇趣。不要忘記，香港人在家中吃蟹，要新鮮，喜歡捆綁着蒸煮後才剪掉捆綁的。

買新摘下來的荔枝，小枝幹與樹葉往往是連帶着，一起稱而算價。買家當然知道枝幹與樹葉不能吃，但價要與枝葉的重量一起付。顧客大都知道荔枝有枝葉相連保存得比較好，正如捆綁着的蟹比較聽話一樣。

到市場買蔬菜，菜販喜歡灑水在蔬菜上，這樣較為好看，較新鮮，但不斷地加水的意圖是增加重量。顧客可能不知道多加水是為了增加重量，但怎會有中計的可能呢？所有菜販都多加水，競爭下沒有誰有甜頭；這與所有的菜販都不多加水、菜價提升後的回報率完全一樣。問題是你不多加水而競爭者多加，蔬菜賣同價，你就會遭淘汰。入鄉隨俗，要生存，你照加可也。

欺騙而能獲甜頭的行為，是要你騙而其他競爭者不騙，而你又可以成功地瞞天過海的。如果你賣成本較低的假蟹，競爭的同行賣真的，顧客不知道，你可獲甜頭。通常是暫時性的，但你可能認為騙得一時且

一時，若被揭穿轉行去也。但如果你以為多加水在蔬菜上是行騙，沒有人發覺，沾沾自喜，以為有甜頭，那麼賣菜的競爭者中最蠢是你，因為長久下去，你不會比他們賺得多。

我最不明白是買魚吃的現象。到酒家叫貴價的鮮魚吃，以每兩算，但斤兩永遠不足。顧客可能不知道，「受騙」了，但與買蔬菜一樣，足秤與不足秤你要付的價不同，事實上是打個平手。我不明白的是在香港，酒樓向批發商買鮮魚，斤兩也是永遠不足的。酒樓的買手不是吃飯的顧客，當然知道斤兩不足。既然買賣雙方都知道，為什麼還是斤兩不足呢？

這篇文章的主旨，是說在競爭下，賣家一律欺騙與一律不騙會有同樣的效果。我稱之為欺騙定律。

上河定律

二〇〇三年三月六日

　　去年十二月，上海博物館舉辦一個重要的國寶展覽，是集中北京故宮、遼寧博物館與上海博物館的珍藏。不遠千里而來的雅士雲集，加上上海的本地人多，排隊進場要選人少時間，而進了場後欲看北宋張擇端繪的《清明上河圖》，又要再排隊。這後隊不是很長的，但動不動要排兩個多小時。

　　那時我和太太剛好到上海幾間大學講話，躬逢其會，當然要去看看。博物館的主事人要我們在非繁忙時間去，到時會派一位很有禮貌的女秘書出來招呼一下，但說明觀看《清明上河圖》不能插隊，要排兩個多小時。這是說，作為貴賓，進場可以方便一點，但《上河圖》則是貴賓不貴的。可見國內的處事有了長進。

　　我對書法有研究。展出的國寶級書法，如懷素的《苦筍帖》，杜牧的《張好好詩》，米芾的《多景樓詩》，以前我見過真跡。這次令我驚喜的是南宋詩人陸游的手書詩卷，書法一流，絕不在好些名書法家之

下。奔放而變化多，天真瀟灑，豪氣逼人。據説所用的筆是猩猩毛造的，從當時的高麗國進口。心想，不知今天怎樣才可以弄得一枝猩猩毛筆來試寫一下。

回頭説《清明上河圖》，據説是宋徽宗委任張擇端畫的，畫了三年，而展出的原作真迹的後一段不復存在。《上河圖》原來是近四十呎的長手卷，多個世紀以來臨摹之作不計其數。這次原作展出，排隊兩個多小時，我沒有排。不排隊是不能近看，但可從離畫八呎左右看。《上河圖》的人物多而小，離畫八呎本已不善，再加上要穿過排隊的觀者之間的空隙看，更要再打折扣了。

我站着想，人龍只有百多個，為什麼要排兩個多小時呢？答案是輪到觀看的人看得很慢，比一般欣賞名畫的慢得多。這又是為什麼？靈機一動，想通了。因為排隊時間是一個價，一個代價，也可説是一項成本。價愈高——即是排隊的時間愈長——觀者就多花時間欣賞了。這是説，排隊的人愈多，不僅等候的時間愈長，每個觀者輪到時所花的欣賞時間會增加。這也是説，以圖表曲線分析，縱軸為等候時間，橫軸為排隊人量，其二者的相關曲線不是直線一條，而是向右弧上：The curve is exponential。

讓我再説一次。因為時間是價，價愈高，每個觀者的欣賞時間愈長。如果六十人排隊，觀者平均欣賞一分鐘，第六十個要等一個小時。但如果一百二十人

排隊，觀者平均欣賞會超過一分鐘，第一百二十個要等超過兩小時。既然是從《清明上河圖》的人龍得到啟發而想出這個有趣的規律，而「上河」有逆水行舟之意（雖然清明上河不是這個意思），我稱之為「上河定律」。

有兩點還要澄清。其一是依照經濟學的理念，歷史成本不是成本（bygones are bygones）。既然排隊排了兩個多小時，是歷史，覆水難收，再不是成本，不是代價，為什麼我說時間之價或代價高而多花時間欣賞呢？答案是觀者多花時間欣賞，其考慮不是已經排隊的兩個多小時，而是這次不多欣賞此後再欣賞的時間成本預期也會是高的。任何人決定去看《清明上河圖》，會考慮早看一點的利益與所需的時間成本才作選擇，而一個人選在某時某日去參觀，他選的是自己認為是利益與成本差別最大的時間。參觀的遲早不論，這個人等了兩個多小時，他的意識是這次已付出的成本不算，再來也差不多要排隊兩個多小時。因此，上河定律仍然成立。

舉一個例。假若《清明上河圖》持久地展出，不用排隊，去觀看，我欣賞一分鐘。但如果我得到方便，可以不用排隊欣賞，但說明只此一次，之後我要排隊兩個小時才能看到。這樣，雖然不用排隊，我的欣賞時間會超過一分鐘。有關之價是可以選擇的代價。不用排隊，這次沒有時間之價，但真正的代價是這次不多欣賞，之後要排隊兩個小時，所以這次我要

多欣賞了。

第二點要說的，是我曾經說，超級市場的繁忙時間人龍愈長，收錢的員工的動作會被迫而愈快。於是，因為人龍長，每件物品的「過機」時間會較快。這與「上河定律」是相反的。但這裡是多了一個收錢的員工，他的動作因為龍長而較快。與上河定律相同的，是如果一家超級市場沒有提供購買少物的快線，繁忙時間，需要排長隊，購物者一般會選購較多物品。這使一個購物者的平均過機時間較長。另一方面，買一包香煙的人通常不會願意排隊等十五分鐘。這也是需求定律的含意了。

是的，吃自助餐，同樣的食品，每客收費五十與收費一百的食時與食量不同。收費五十，顧客會吃得較少和較快。收費一百，好些食客會因為價高而不光顧，但光顧的會吃得較多和較久。這也是上河定律。

前些時發表了《訊息費用與類聚定律》，解釋為什麼在同一場所的賣笑佳人的相貌與身材都有相近的水平，很受讀者歡迎。國內的網上客很開心，紛紛要求我多寫些前所未有的經濟定律。他們可不知道，解釋一個現象已困難，推出什麼定律更是可遇不可求，就是無足輕重的也難於登天。

後來我發表《鹹水草與淡水蟹》，其含意着的定律是在競爭市場內，出售者一起欺騙與一起不騙的效果相同，可以稱為「欺騙定律」。國內的學子讀後說：

「那麼淺，不夠過癮！」

我希望提升學子的求知興趣。很想知道他們對「上河定律」的評價。

從中國發展學得的工資定律

二〇〇九年二月二十日

二月三日到深圳的鳳凰錄影，我講得精彩，但播出時他們把我分析新勞動法的主題內容全部刪除。我大發脾氣的原因，是他們刪去了一句我說的對經濟科學有重要貢獻的話。我說：「工業的工資，是由農作的收入決定的，用不着新勞動法的幫助。」看似平凡，其實也平凡，但對經濟思想史有認識的人，會意識到這句話是填補了二百多年來的一個思想空缺。知道執到寶，我立刻掛個電話給張滔，跟他重溫經濟學對地租與工資的思想演進。這演進永遠差一點，不達，看來又要讓老人家來畫上句號了。

讀者要知道，古典經濟學的發展，生產要素限於土地及勞力。前者有地租，後者有工資，而這二者怎樣決定及分配是大話題，從一七七六的史密斯吵到一八九〇的馬歇爾才算有定案，但我認為句號還沒有劃上。資本的概念更麻煩，古典學派拿不準，新古典也拿不準，要到二十世紀三十年代由天才費沙才解通了。這裡不談資本，只說地租與工資。

　　李嘉圖（一八一七）是第一個全面分析地租與工資分配的大師。地租他從 differential rent 的角度入手，說土地之所以有租值，起於土地的肥沃層面不同，優劣有別。這觀點後來的學者一般認為是錯了。我認為只有小錯，在分析發明專利時大手採而用之，一九七七寫成了二〇〇五才發表的重要一長節（見《張五常英語論文選》，第二十章第三節）。李氏對工資怎樣看呢？後人把 Iron Law of Wages（工資鐵律）加在他的身上，他自己不一定同意。這鐵律說，工資是僅可滿足人類生存的要求的收入——不是生與死之間的界線，而是人類認為值得活下去的主觀收入水平。到了米爾（一八四八），史密斯的一個舊觀就發展為 Wage-fund Theory。這是指僱用員工的老闆拿出一筆款額，為僱用工人而備，而工資就是這款額除以工人的數目。不可能錯，但說了等於沒說。米爾後來承認是錯了，知道這想法不能決定工資的本身。

　　重要的發展來自一個德國學者（Johann Heinrich von Thunen, 1783-1850）。馬歇爾重視這個人。此君提出了邊際產出理論（Marginal Productivity Theory），說工資會等於工人的邊際產出所值。到了馬歇爾之手，邊際產出曲線就成為生產要素的需求曲線，加上工人的供應曲線，工資就決定了。基本上，從一八九〇到今天，經濟學接受了這樣的工資理論。我自己在《佃農理論》作出的貢獻，是說這理論不限於用時間算工資，分成及其他的合約形式也要遵守邊

際產出的規律。這就帶來為什麼會有不同合約安排的問題，促成了新制度經濟學的發展。

還有一位大師要加進去。那是 Philip Wicksteed（1844-1927）。此君證明，有土地與勞力兩種生產要素，二者皆獲各自邊際產出的報酬，在均衡點下，產出的總收入剛好全部分光。

本來是塵埃落定了，但一九四六年一位名為 Richard Lester 的學者，調查波士頓的運輸行業，在《美國經濟學報》發表文章，說僱用司機的老闆不知邊際產出為何物，無從按邊際產出所值訂工資。我的老師艾智仁為文回應，一九五○發表，促成了持續十多年的科學方法大辯論。

從邏輯的角度看，說爭取收益極大化，邊際產出所值要等於邊際付出的工資當然對，但僱主怎會知道呢？老闆收到訂單，看收入，算成本：需要的工資為何，利息、房租、水電、折舊等等加起來，毛利需要多少才划算，接不接單可以決定。僱用工人的成本他知道，需要多少工人他也知道，但何謂邊際產出，他不知，也不管。就這樣，每個老闆都這樣，何來邊際產出所值等於邊際成本了？很顯然，邊際產出理論如果是對的話，只可能是在結果上對，不可能是老闆的意圖。老闆的意圖是多賺錢，只懂得數手指算收入與成本。也難怪古典經濟學的大師們吵呀吵的，吵了逾百年：租值與工資及其他資源的收入分配，究竟是怎

樣決定的呢？中國的發展提供了答案。

個人的估計，開放後十年左右，農民人口大約是總人口的百分之八十至八十五。工作年齡的農民大約三億七。九十年代後期起，流動的農轉工急升，轉到工業去的總人口約二億八千萬，餘下的九千萬再轉四千萬左右到工業去就差不多了。我解釋過因為僱用職業農工變得普及，有輪植的選擇，職業農工每年可操作十個月，收入當然急升，加上農產品之價上升，職業農工的月入從二〇〇〇到二〇〇七上升了約五倍。如果十五年後一個職業農工的月入達到三千五百——是保守的估計——那麼要吸引這農工轉到工業去大約要每月薪酬五千元：農村的住屋相宜、舒適，食品也較相宜，而陶淵明的田園生活是寫意的。

這樣看，我碰中的定律說如下：工業的發展帶動了農轉工的興起，但當達到了近於均衡點，工業的工資是由農民的收入決定的——工業工資不夠高農民會選作陶淵明。也是這樣看，工業的工資會因農民的收入夠高而被保護着，遠勝什麼最低工資或新勞動法等外來的蠢辦法的保護。勞力的收入決定了，餘下來的其他資源的收入分配，就各自各地以類似的競爭情況瓜分。不難用數學證明，達到了經濟整體的均衡點，每樣生產要素的邊際產出所值，會與每樣的邊際成本相等。邊際產出理論沒有錯，但對的是結果，不是老闆的意圖。所以用這理論來解釋老闆的行為也對。這不僅是科學，而且是科學的真諦。

　　新勞動合同法闖大禍。我和一些朋友的大約估計，約有一億工業工人回鄉歸故里，把發展的大好形勢打折了。去年七月我知道這回鄉潮是出現了的，大概起於去年三月，遠在雷曼兄弟事發之前。不一定是失業，而有多少會再回到工業去目前不知道。回鄉的也不是輸清光：他們在工業操作有了時日，知識是增加了，再出來不會是大鄉里吧。

四、街頭巷尾的徘徊（六篇）

風雨時代的鈔票

一九九九年七月二十三日

　　話説在揚州我花盡身上帶着的錢，向地攤小販購入了千多張舊鈔票。這些鈔票最早是一九一○，最遲是一九五三。四十多年的風風雨雨，不堪回首，可泣而不可歌也。

　　回家後我花了一整晚審閱這批舊鈔，覺得有趣或不明所以的地方不少。茲僅選八項以饗讀者：

　　（一）我找到四張一九三四年發行的壹圓鈔票，被一個膠印掩蓋着「中國農工銀行」，而在其下補加「中央銀行」，鈔票兩面的中、英二文皆如此蓋上，四張一樣。

　　泱泱大國，主要銀行改名也懶得重印，其馬虎溢於票上，可謂奇觀。

　　（二）千多張舊鈔中只有三張差不多是全新的，皆由「美商北京花旗銀行」發行，紙質一流，印刷精美。五元及十元的是一九一○年，一元那一張是一九一九年。奇哉怪也的是，三張鈔票都是在橫中切斷，

切得整齊，然後用兩張同值的鈔票的上半部以膠水黏成一張。這樣，鈔票上下如倒影，只是號碼上下不同！

因為鈔票極新，而上下以膠水相連又造得天衣無縫，顯然不是出自今天小販之手。我想來想去，一個解釋是發行者不想持鈔者看到原來鈔票的下半部，而鈔票看來是在美國印製，所以一時間趕不及重印。但為什麼一九一○與一九一九的皆如此呢？

（三）有十多張一九三○年由廣東省銀行發行的鈔票，印上「銀毫券」之名，且說明「憑券兌換銀毫」。這擺明是以銀為本位，以銀作保障來增加信心。問題是，一個大的銀毫可以變小，而銀的分量下降仍可叫作銀毫。所以銀行若要出術，或與政府串謀欺騙，易如反掌也。

我看這些銀毫券的第一個反應：是騙局！真誠的銀行發銀本位券，怎會不說明純銀的重量？

（四）更大的騙局是那大名鼎鼎的「關金」了。當然由中央銀行發行，我手上有的最早是一九三○，最後是一九四八。

關金是以金為本位，一元說明是一個金單位，十元是十個金單位。後來貶值，鈔碼愈來愈高，五萬元就說明是五萬個金單位。沒有說明的，是一個金單位究竟是多少金。更過癮的是，在整張中文的鈔票中，「金單位」（gold unit）卻用英語。

這個明顯的騙局，在中國竟然大搖大擺地施行了起碼十九年。要是今天任老弟志剛出這一招，香港人不把他殺了才怪！炎黃子孫畢竟是學精了。

（語曾、任二兄：為什麼香港今天的鈔票不印明七點八元兌一美元？雖然要經發鈔銀行去兌換，但這是事實，而金管局沒有意圖行騙。說明了可增加信心，但要改兌換率時則要發行另一種鈔票，比較複雜了。）

（五）找到二、三十年代好幾家私營錢莊——如「陸宜和」、「黃山館德泰昶」之類——發行的鈔票，顯然是清代遺留下來的「冇王管」的自由貨幣制，到了民國就與政府爭食的。海耶克生時極力提倡的自由發鈔制度，在中國早已存在。我想，在太平盛世，如清康熙至乾隆的百多年間，這種自由銀行（錢莊）制應該有很理想的運作。我又想，今天數以千計的中國青年經濟學者，怎可以放過這個絕對是一級的研究題材？

我手頭上有的十多張錢莊鈔票，有些如合約，有些如憑單，有些則像政府發行的鈔票一樣。一張鈔票其實是一張合約——我在三十年前就說過了。民國時期的錢莊鈔票，有以一串銅錢為本位的，稱為「一吊」，也有以政府騙人的「大洋」為本位的。政府行騙，一些錢莊也就樂得同流合污，過癮一下。

（六）找到兩張有毛澤東肖像的鈔票，都是五百元的。東北銀行的是一九四七，長城銀行的是一九四

135

八，二者皆印上中華民國的年號，此一奇也；鈔票上沒有說明任何保障，此二奇也。想當年，老毛靠打游擊得天下，所以自製的鈔票也「不拘小節」。但當時市場信不信，通用不通用，則有待考究矣。

（七）中國人民銀行發行的鈔票，一九四八及一些一九四九的用上中華民國的年號，但一些一九四九的已改用公元年號，此後就淘汰了「中華民國」。

奇怪，一九五○年至一九五三年間，人民銀行發行的好些票額很大——五千到五萬元——應該不是人民幣。但舊鈔中有一張一九五二年的支票，説明是人民幣四萬五千元。那在當時是很大的數目了。

（八）我對鈔票上的「公仔」肖像很有興趣。用人物肖像的目的，顯然是要增加市場對鈔票的信心。一間名為「中國聯合準備銀行」所用的肖像，可能因為當時的政治形勢，都是中國古時的聖賢豪傑。這家銀行起錯了名，意頭大為不妙。準備與儲備不同。銀行要的是儲備（reserve），非準備（preparatory）也。銀行有什麼要「準備」的？準備執笠乎？果然，我所有的多張「中國聯合準備銀行」的鈔票，都是中華民國二十七年（一九三八）。眾多聖賢也救它不了！

一張一九二七年中南銀行發行的鈔票，竟然用慈禧太后的肖像，這銀行若非與慈禧的後人有關，其思維有點問題。

你道在那風風雨雨的四十多年中，中國鈔票上誰

的肖像出現最多？無與倫比的冠軍，是孫中山。孫某本領平平，但被稱為「國父」。既為國父，就是死後也要付出一點代價。凡是通脹急劇，鈔票貶值如石沉大海的人物肖像，都是孫中山。那搞笑的「關金」，其肖像當然也是孫中山。

可以這樣說吧：凡是大騙局鈔票上有肖像的，皆國父也。天可憐見！

從淺觀察看深問題

二〇〇〇年十一月九日

　　重要的經濟問題，往往可從微不足道的觀察中找到答案。這種答案不精確，但很可靠。「不精確」的意思，是指沒有嚴謹的統計數字；「很可靠」是指不容易錯，而答案有水平。跟今天後起的經濟學者不同，我這一輩的喜歡用淺觀察來先找答案的大概，再用其他日常觀察加以引證，然後再考慮要不要多走幾步。

　　幾個月前我和太太到揚州一行，與來自瑞典的一位經濟學者及其太太相聚，四個人在那裡暢遊了三天。那是揚州八怪的地方，有好些故事可對他們說，而瘦西湖等名勝也是值得一遊的。令我感慨的是朱自清的故居。好不容易才找到，是陳舊的房子，一個老人在那裡看守，一些舊相片，幾本書。老人說，幾天才見到訪客──朱前輩是逐漸被遺忘了。

　　少年時我愛讀朱自清的散文。《荷塘月色》、《背影》等我今天還背得出來。從朱的故居中的介紹文字可見，當年他很「前進」，有赤子之心，但與其他熱血

才子一樣，潦倒窮途而早逝。

在揚州第二天的黃昏，我們在鬧街上走，小販多如天上星。瑞典朋友見到街上廢物多，問：「為什麼這個重要的古城不清掃多一點的？」我答道：「是應該多加清掃的，但地上的廢物，證明着經濟大有改進！」我於是指着地上的幾個膠袋，說：「文革期間，或共產當道，這些還可再用的膠袋不可能棄諸街頭，就是有人不小心遺棄了，不到幾分鐘就會有其他人拾起來。」揚州街上其他的廢物也同樣地有說服力：還沒有吃完的食品，可以再讀的報章，破舊的衣裳……

可以這樣說吧。要知道一個城市跟另一個城市的生活水平的高下，把兩市街上的廢物箱中的棄物拿出來比較一下，得到的結論會是可靠的。

記得一九六一年，在加大作本科生時選修了一科經濟發展學。教授是有名的 Charles Wolfe, Jr.，談到國民收入增長的數據及統計上的困難，說上好幾課。我見學問搞得那樣複雜，忍不住問：「為什麼不看政府每天清潔城市時所收的廢物增長率？這不是簡單而又可靠嗎？」教授無言以對。

最近香港的經濟有一個熱門話題：貧富懸殊愈來愈嚴重，有兩極分化的迹象。據說經濟正在全面復甦，但貧富卻兩極分化。全面復甦是「據說」，不是我說的；另一方面，只要到環頭環尾走走，兩極分化容

易相信。為什麼會這樣呢？這是個深問題，我見跑出來解釋的年輕經濟學者都答得深，有些深不可測，就試行從淺觀察找答案。

想了幾分鐘，坐上計程車問的士佬：「阿叔，近兩三年來你們所收的小費是增加還是減少了？」答曰：「慘！慘！慘！」只三個同樣的字，我就找到了答案的大概。且聽在下道來。

我認為香港的貧富兩極分化，有兩個基本因素。第一個不是我發明的，那就是回歸後的香港政治化加速了。政治化對富有的人有利，或起碼能給他們多點保障。這是世界歷史的經驗，非我之見也。

第二個因素是與的士佬的小費有關的了。這就是香港的聯繫匯率制度出現了我不大明白的問題，導致香港的實質利率比美國的高得多。香港有通縮，實質利率高達年息十多釐。這樣的高息對富人為害不大，而對有錢借出去的卻是有利了。但對中層人士來說，高的實質利率會使他們削減消費，尤其是那些買錯樓而成為負資產的，其消費削減的幅度更大。

我求教於的士佬的原因，是富有的人很少坐的士——他們有私家車與司機。窮的人也不坐——因為坐不起。坐的士的大都是中層人士。我問小費，因為那是削減消費在邊際上首當其衝的。低層窮人所吃的飯，是從中層得來的「嗟來之食」，或可說是從中層的慷慨消費而得的。

看看今天香港的飲食業，就知道那所謂全面復甦是誇誇其談了。低層的人沒有錢到酒樓吃飯，去那裡洗碗、傳菜是可以的。但中層的因為實質利率奇高而減少酒樓的光顧，窮的變得洗碗工作也不容易找到了。

君不見，環頭環尾的商鋪，租值下降的百分比，遠比太古廣場或置地廣場的為大。前者，有些地方是下降至近於零的。無他，中層大幅削減消費而已。在商店購買一套衣服可以穿一年也可以穿十年。新衣的耐用期長短與實質利率的高低是正數聯繫的。

對讀經濟的學生說幾句吧。經濟學是一門驗證科學（empirical science）。這種科學是要有實驗室的工作訓練的。你們在中學讀物理、化學，要上實驗室的課。在科學的本質上，經濟與物理、化學沒有什麼不同。但為什麼你們選修經濟，從來不用上實驗室的課？你們應該知道，書本上的統計數字不可能代替實驗室的教育。

經濟學的實驗室只有一個，那就是真實的世界。你們天生下來就生活在這實驗室裡。問題是你們不知道自己活在其中，所以除了上課溫習，行行企企，沒有細心地觀察世界或市場上的事。這樣，你怎樣苦學也不會成為一個有斤兩的經濟學者。

你可能見到一些前輩同學，到外地的名校拿得個經濟學博士，作了什麼教授的，寫出來的文章數學與

統計的方程式多得怕人。然而,論及解釋世事,一般來說,這些文章的內容大概是零。

想當年,高斯讀到我那篇後來成為名作的《蜜蜂的神話》,見到內裡有一個幾何圖表,就說那是整篇文章的唯一缺點。過了些日子我才意識到,高斯是說文章既然內容充分,用幾何引證是多此一舉。

多到市場走走吧。微不足道的觀察,往往有深入的含意。你會學得很多的。回港任職的頭幾年,年宵之夜我帶學生到街頭賣桔,是帶他們到實驗室去了。

從玉石市場看訊息費用

二〇〇二年二月六日

（五常按：本文摘自拙作《供應的行為》第九章第三節）。

玉石在中國起碼有五千年的傳統，但今天中國人視為裝飾珍品的玉石，是翡翠（jadeite）。翡翠玉石全部產於緬甸，清代中葉傳入中國。這裡分析的玉石是翡翠，是香港人熟知的在廣東道成行成市的那一種。不是所有這類玉石都是珍貴的：劣品甚多。

緬甸的玉石不是從石礦開採出來的，而是在某山上挖掘出來的獨石。獨石是零散的石塊，從數盎司到數百磅不等。經過不知多少億年埋藏於土下，獨石有石皮，而石皮之質與皮內之玉截然不同。石皮通常不透明，從皮外猜測皮內的玉質是湛深的學問，就是專家也是猜錯的機會大，猜對的機會小。猜不準，但專家比非專家的準確性高很多，所以猜不準也值得花長時間研習這猜測遊戲。猜不準但算是專家的大約要研習二十年。這是很高的訊息費用了。

我調查玉石市場的起因，是玉石原件若被切開

來，真相大白，不用費時研習那猜測遊戲。那為什麼原石不切開來才出售呢？賣家為什麼故作神秘，鼓勵買家研習猜測？一個答案是切開可能切壞了。這答案不對。雖然不同的玉石產品有不同的開石切法，但哪一類的原石適宜造哪種產品，眾所周知，一般不會切錯。事實上，運到香港的原石出售時，通常在石皮上開了一個或更多的小坑，是可以稍窺玉質的大約三公分長不到一公分闊的「水口」。這水口是磨出來的，去皮見玉，讓買家看到一小點玉質。水口或深或淺。如果賣家選開較多水口，或把石皮全部磨掉，石內的玉質就披露較多，但還是遠不及切開來的真相大白。為什麼賣家不把水口增加？在緬甸原石出土成交時，通常是半個水口也沒有。運到香港出售，原石加上水口，而有時不切開石再轉售，水口說不定會加上去。這些現象的解釋是後話。

回頭說作為獨石，每石之玉有獨特的面目。不計其數的石塊，切開造成零碎產品後，大致上專家可以辨別哪幾件零碎產品是出自同一石件的，雖然在色澤上出自同一石件的零碎產品往往不同。有可以辨別的特徵是玉石有價的一個原因。然而，如上文所述，翡翠玉石很多，大部分是劣品，有些根本不值錢。可以作為裝飾品的起碼是中上之選。專家可以辨別是一個重點，而同樣重要的是專家可以有準則地排列玉石產品的質量高下。

判斷質量高下的準則，是由數百年的中國品味傳

統與不同質量的供應多寡決定的。有些我們認為很美觀的玉石，因為供應比較多，或與傳統的品味不合，不大值錢。同樣，日本與菲律賓的品味與中國的不相同，但因為這些地區的需求量不夠大，主要決定質量的品味還是中國。最值錢的質量是那些深綠、有光澤、有厚度而又通透的產品。這種產品非常難得。「綠」通常是玉石塊中的葉脈或紋理，精彩的要找到一絲也不容易，而要有厚度、夠綠而不帶黑、有光澤而又無裂紋，就真的是難求了。

購買玉石產品的人不只求裝飾美觀（入色的可以非常美觀），也求保值或作為一項投資。沒有專家的鑑別及專家們的認同，玉石產品不可能有今天見到的高價。因為訊息費用高，要成為一個玉石專家是二、三十年的功夫，而如果專家們對產品的判斷不認同，專家就有等於無了。是個重要的結論：純以品味而成價的產品，在有訊息費用的情況下，有專家認同其價值會上升。

一九七五年研究玉石市場時，我曾經拿着十隻大小相同但質量不同的玉手鐲，給五個玉石專家排列價值的高下。他們排列的次序完全一樣，但在同樣的次序中他們的估價卻有頗大的差別。這估價不同不是因為對玉石本質的訊息不同，而是因為市場的訊息不同。專家們各自專於不同的產品。手鐲、掛件、蛋面等產品是不同的專業，有不同的市場訊息。同類產品的玉石專家，估價是遠為接近的。

　　要解釋玉石市場的「怪」現象，我可以推出兩個基礎假設。其一是要成為一個專家，對玉石質量的訊息要下相當長的時間投資。雖然專家之間有不同的判斷水平，他們每個都是靠專業為生，以「眼光」餬口。他們自己在玉石市場買賣而賺取差價，又或收取費用作顧問。其二是玉石的物主擁有訊息披露的權利，物主會審時度勢，看看買家是誰，市場的競爭對手等而決定訊息披露多少，從而增加自己的財富。這樣的訊息披露，免不了有欺騙的行為，小則隱瞞，大則入色。

　　玉石原件不切開來出售，是因為在訊息不足的情況下，切開剖白能獲得的價在預期上會低於隱瞞某部分的訊息。如果原石的物主預期切開剖白的價值較高，他會切開來出售，但這情況不多見。最常見的情況，是物主選原石中最大機會披露高質的位置，開一個小水口，以蠟擦得光亮而出售。選擇這水口位置要由專家決定，而如果原石預期是珍品，高級的專家會被聘用，選一個水口位置的費用可以高達數萬港元。如此慎重處理，專家選錯了位置還是時有所聞的。

　　原石開了一個水口後，要不要多開一個是以能否使原石增值為依歸。要是一個水口見佳質，多開一個預期會有同樣佳質的，物主大都選擇多開。要是第一個水口見劣質，多開預期會改善，那就更要多開了。通常緬甸的玉石原件運到香港後，出售時每件有水口一至二個，雖然多達數十個的也有。多開一個水口，

見劣質而使原石之價暴跌的例子也時有所聞。

考慮購買原石的人當然知道水口位置的選擇是出售者認為是披露最佳質量之處。但這買家可能是更高的專家，認為水口位置選得不對，購入原石加開水口再出售。無論怎樣，單看水口而猜石內之質是很難猜得準的。我見過一件多個水口盡皆精彩的原石，一位專家朋友說石內多半是劣質，果然說對了。另一方面，緬甸的玉石有不同類的品種，某些品種質量比較穩定，或遠為容易觀其外而知其內。再另一方面，市場的專家往往專於不同的產品。不同的產品要用不同的石料，所以專家們大都集中於自己懂得的產品市場來選購原石的。

無論怎樣說，因為觀原石之外難猜石內之質，稍知一些的到原石市場下注，賭一手切開來是有機會賺錢的，而好些癮君子這樣做。二十七年前我作過大略的估計，能這樣賺錢的機會不及到馬場賭馬。這可見真正專家在玉石上的訊息投資不是白費的。是時間很長的投資，通常是靠家族的玉石生意傳統，從小練起。如果每個人都大公無私，原石切開來才出售，玉石的訊息投資會只限於鑑辨產品的質量，訊息費用據說可減七成以上。但大公無私的人不存在，各自為戰，市場的訊息費用就激增了。自私對社會有利也有害，玉石市場是一例。

但玉石原件不切開剖白，隱瞞訊息的例子，雖然

奇異誇張，可不是玉石市場獨有。所有產品的市場皆類同，只是不夠奇異誇張，我們不注意罷了。

我可舉水果店賣紅蘋果的例子。美國華盛頓州所產的紅蘋果運到香港出售，水果店把之擦得光亮，然後一個個整齊地堆起，每個選最可觀的一面向着顧客。顧客若翻動是不歡迎的。其他例子讀者可以想出來，不用多舉了。

回頭說玉石市場，隱瞞訊息的行為不限於不切開原石出售。因為玉石的訊息費用高而玉石的本身珍貴，其他隱瞞訊息的行為也就比較誇張了。最有趣的是買賣雙方議價時價格不公開，而是用毛巾或報紙掩蓋着買賣雙方的每人一隻手，以看不見的「無形之手」討價還價。隱瞞價格顯然是買方的要求。我是專家，願意出某價購買某玉石，你是旁觀的競爭者，知道我是專家，若價格公開你跟着我出的價提升少許競購，我的專家訊息豈不是給你免費利用了？玉石產品的議價往往用無形之手；玉石原件議價，若有其他人在旁觀望，無形之手是一定用的。

廣東道的玉石原件拍賣令人嘆為觀止。是四百平方呎左右的小室，中央方桌一張，沒有椅子。地上放着二、三十個籃子，每籃之內載着一至五、六件原石，每件都有小量水口。室內有幾枝吊燈，讓顧客在拍賣前以燈光照射來猜測石內之質。大約有兩天的時間給顧客這樣審查，拍賣時是以每籃子內所有的原石

算一價。

　　拍賣官是個頂級專家，在玉石市場聲譽卓著的。他的服務是由賣家僱用的，所以他要爭取最高的出售價。拍賣開始，十多個買家環繞方桌而立，一個工作人員把一籃子原石放在桌上。拍賣官拿出毛巾，掩蓋着右手伸出去。競投的人逐個把右手放進巾下，以手指出價。一個一個地這樣做，動作快得驚人，不到一分鐘所有的人都出了價。拍賣官每個買家都認識，而每個買家所出之價他都記得。

　　在拍賣官的身後有一間僅可容身的小房子，有布簾，賣主藏身其內。一輪出價後，拍賣官轉身把巾下的手伸向小房子。布簾伸出賣主之手在巾下與拍賣官的相觸。大家不說什麼，但觸手的時間比較長。拍賣官在巾下傳達給賣主的訊息，是顧客所出的高價為幾，不同顧客出價的差距大小，以及拍賣官認為應該賣或再作第二輪競投的意見。賣主的回應也在巾下傳達了。要是決定出售，拍賣官叫出價高者的名字，這價高者不能反悔。

　　一般來說，如果第一輪競投有幾位高價的價格相近，第二輪競投同一籃子是必然的。凡起一輪重投，舊一輪的出價皆作廢。那是說，只要拍賣官沒有叫你的名字，你在重投時所出之價可以低於早輪的。第二輪的巾下出價比較慢，拍賣官常叫觸手者出高一點，是有議價的性質了。第二輪過後，拍賣官又再轉身與

賣主的手在巾下相觸。

在我參觀過的兩次上述的玉石原件拍賣中，每籃平均大約有三輪巾下觸手。任何一輪之後，一叫人名就賣出，賣出後之價是要公佈的。賣不出就只把籃子搬開。拍賣完畢後賣主請所有在場的人晚宴，是慣例。沒有人認識我，這種晚宴我魚目混珠地吃過一次。

隱瞞訊息是訊息不對稱的主要成因。

香口膠的故事

二〇〇三年五月十三日

　　前些時在《還斂集》發表《中國必須爭取清潔與衛生的形象》，是見到非典病毒的蹂躪，有感而發，建議中國必須培養出清潔的風俗習慣。該文在國內的網上得到很大的正面回響，可見中國的青年也希望自己能有清潔的習慣，事有可為也。我不是什麼清潔、衛生專家，但經濟學上清潔及污染是社會成本的話題，是我的專業，可以分析一下。

　　清潔衛生的經濟分析不容易，一言難盡，可以搞得很湛深。另一方面，醫療經濟學是一九五八年由嘉素（R. Kessel）創立的。可惜這位朋友於一九七五年謝世。要是今天還在，我很想知道他對非典的看法。清潔的經濟話題複雜，要說得簡單易懂，讓我從香口膠說起吧。

　　香口膠吃完的殘膠，吐在地上，被行人踐踏，過了不久，膠在行人路上，烏卒卒的，不雅，也不容易清除。四個地方的處理方法不同，讓我說說吧。

（一）香港是吐香口膠於街道上罰款六百。不靈，因為監察費用太高。人煙稠密的行人路，香口膠殘漬多如天上星，奇觀也。去年香港政府判出去給私營清除殘漬，一年費用六千三百萬。

經濟分析如下。香港市民平均每人每年十元殘漬清除費，是否高於香口膠的平均消費我不知道，但很可能高於吃香口膠的消費者盈餘（consumer's surplus）。若如是，香口膠對社會的貢獻是負值，不吃也罷。另一方面，清除地上殘漬是否值六千三百萬一年呢？多半不值，因為這頭清除那頭又吐。不知政府憑什麼準則去花這筆巨款的。

（二）上海行人眾多的街道，香口膠的殘漬大約只有香港未清除前的三分之一。不是上海人不亂吐，而是那裡的街道從早掃到晚，掃完又掃，不斷地掃。

經濟分析如下。掃地工資低廉對減少地上殘漬有助，吃香口膠的消費者盈餘，減除了一部分的掃地成本，有較高的機會是正數。問題是一步之內有二十片殘漬，比一步之內有六十片不一定是大改進。說不定，一步之內有一千片最好看。

（三）新加坡標奇立異。那裡一九九二年禁吃香口膠，不准進口！去年（十年之後），美國的香口膠商人大搞政治活動，通過外交途徑強迫新加坡取消禁例，吵得不亦樂乎。後來的新法例很天方夜譚，不用細說了。

　　經濟分析如下。香口膠的殘漬在地上難看的負值，是否高於吃香口膠的消費者盈餘，是關鍵問題。新加坡政府無從衡量，禁吃是武斷。至於後來因為美商的利益而使兩國政府吵來吵去，律師費用不菲，也顯得政客無所事事，浪費了納稅人的錢。

　　（四）日本最簡單。不禁吃，地上沒有香口膠殘漬，是他們的清潔風俗使然。

　　經濟分析如下。香口膠吃完不吐於地，見到廢物箱才放進去，其成本遠低於香港需要出動高壓噴射機，加熱，加人手，用大約四十五秒才能清除一小污片。四個例子中只有日本可以肯定吃香口膠的利益（消費者盈餘加香口膠之價）高於社會成本。

　　風俗習慣可以減少交易費用，一九六九年我說過了。

打假貨是蠢行為嗎？

二〇〇九年十一月十七日

朋友説，因為明年上海大搞世界博覽，估計遊客八千萬，該市不久前開始對冒牌貨、盜版之類進行封殺——罰款奇高、吊銷牌照，甚至刑事處理。是所謂「打假」也。我不懷疑中國的假貨市場龐大，但衷心説實話，也欣賞中國的假貨假得精彩。

縱觀地球的經濟演進，假貨的盛行永遠是在人口密度高的國家的發展有點看頭時出現，無可避免。因此，客觀地看是個好現象。不是贊成或同意假貨應該存在，而是當我見到一個貧困的落後之邦產出的假貨來得有頭有勢，會替他們高興，因為這代表着的，是該國的經濟有前途，比政府公布的任何數字來得可靠。曾經説過，衡量一個落後國家的工業發展，最迅速而又可靠的判斷是到該國的假貨市場考查一下。

二十年前韓國的假貨質量明顯地高於中國的，我認為中國的經濟是遠遠地落後了。這幾年中國迎頭趕上，是好現象。兩年前一位小姐朋友在深圳花三百元購買了一個名牌皮包，是假貨，拉鏈壞了，拿到香港

的代理商店要求修理，店員真、假不分，免費給她換一個數千元真的。幾天前一位女士在國內購買了一隻歐米茄手錶，看似白金鑲着一圈小鑽石，鋼造的錶帶精美。三百五十開價，一百二十成交，當然是假貨。一位珠寶專家朋友拿着細看，搖頭嘆息，說：「這麼便宜，怎可以把那些假鑽石鑲得那樣完美呀？」我自己也是個準專家。先父當年從事電鍍原料及拋光用品的生意，跟香港的廠家有密切聯繫，所以從小我對錶殼、錶帶的製作過程有深入的認識。看着那一百二十元購得的假歐米茄，翻來覆去地看，心想：零售一百二十，批發只不過是五、六十元，物價調整後，這是五十年前香港的十元以下，但五十年前的香港，十元單是錶帶也造不出來！在物質享受上，炎黃子孫的確有了很大的改進。

轉談本文正題，問：上海的政府應該打假嗎？答曰：無可厚非，因為假貨多可能被認為有辱國體。再問：明年光臨世博大典的眾多遊客，一般會反對上海假貨多多嗎？答曰：蒙查查的遊客一般會反對。然而，若再問：如果外來的貴賓們事前知道哪些貨是真，哪些貨是假，他們會反對價廉物美的假貨存在嗎？答曰：他們可能不好意思說出來，但沒有理由反對假貨的存在。有真貨、假貨的兩種選擇，當然比只有真沒有假的市場可取。換言之，反對假貨存在的貴賓們，主要是恐怕中計，把假貨當作真貨買。明知是假而付出假貨的低廉之價，他們不會反對。君不見，

在上海的專於出售假貨的市場，老外雲集是常見的現象。我的太太見到一個長得美麗、穿得高雅的西方小女孩，在假貨店內用很不俗的普通話討價還價。如果上海杜絕假貨，這個討人喜愛的西方女孩是不會出現的。父母給她的零用錢無疑是為買假貨用的。

不要多信那些因為愚蠢無知而把名牌新製的假貨當作真貨買的故事。在中國的市場，顧客一般不會中這種計。假貨雖然往往可以亂真，但顧客看不出也不易中計。市場的競爭給顧客提供保護。真貨與假貨的開價一般相去甚遠：數萬元一隻的名牌手錶，假貨開價只數百，順口壓一下價可減半，大壓可減三分之二。手錶如是，皮包如是，成衣等也如是。只要這類貨品在店鋪出售，以假當真賣的店鋪在神州大地不容易生存。古家具等是另一回事。

多年前，在台灣，我察覺到一個妙絕的欺騙手法。一間有空調的高檔手錶商店，把鋼造的真的名牌手錶鍍上金，以金錶訂價。機緣巧合，我剛好知道該名牌的該型號是沒有金造的，所以破案。然而，這種算得上是高明的欺騙手法，在今天的神州不容易出現。這是因為中國對這類騙術的懲罰重而快。不是說中國沒有行騙（其實不少），也不是說中國的法治有過人之處（其實要大改進），但某些事，某些情，他們的打殺手法自成一家，有空調的手錶商店的老闆要吃了豹子膽才敢把真的名牌鋼錶鍍金作金錶出售。

　　沒有店子的獨行俠出售假貨怎樣了？到上海的外灘走走，你不難遇上一些滿身是名牌手錶假貨的獨行俠，開價也是數百元一隻，大手壓價後一般比店子的略為相宜。我作過試驗，知道獨行俠開價的差數比店子的高相當多。不難理解：不怕顧客回頭算帳，他們可以博一博遇到蠢才。但他們不會把假貨作真貨賣：就是真的是真貨也不會有人相信，何必浪費心思呢？如果有一位顧客在外灘跟一位獨行俠以天價購買了一隻他認為是真的假名牌，會是上海奇聞，蠢到死，跳進黃浦江算了。

　　大略地說了政府怎樣看，遊客怎樣看，顧客怎樣看，店子怎樣看，獨行俠怎樣看。現在輪到名牌真貨的老闆們怎樣看冒牌貨或假貨這個問題。曾經寫過，假貨的出現對某些名牌老闆是大吉大利的。當然，如果你問名牌老闆應不應該打假，他們多半會搶着說應該。一般來說，這不是由衷之言，只是因為同意不打假有機會害了真貨的市價。不出聲，不參與打假行動，是名牌老闆們的默許做法。

　　我曾指出，勞力士手錶的假貨在中國多如天上星，但我敢打賭，該名錶的真貨這些年的銷量一定是暴升了。假貨的存在替真貨免費賣廣告。只出得起錢購買假貨的人根本不會問津真貨，但有朝一日收入多了，要買真貨來過癮一下是很自然的事。這些日子我見到歐米茄手錶的假貨急升，心想，不知要到哪裡購買歐米茄的股票呢？有另一種大名鼎鼎的瑞士手錶，

國內有假貨，但奇怪地不多，於是想，這名牌還沒有打進神州吧。到幾間大商場視察，果然不見。手錶如是，皮包、成衣等也如是。君不見，不懂外語的神州女士們，可以把英、法、意等名牌說得朗朗上口，把我這個中、西兼精的老人家殺下馬來。她們無疑是從假貨中受到教育，學會了。有效果嗎？杭州有一家店子，賣一個假貨滿布神州的名牌皮包，是真貨，平均每天銷售進帳逾人民幣五十萬。可能是世界記錄。沒有聽過該名牌的老闆參與或建議打假。

我沒有說所有假貨皆對真貨有利。影碟、唱碟、書籍之類，假貨為害真貨一般無疑問。重視使用功能的產品，例如照相機，假之不易，市場不見假的。但好些年前還盛行的攝影膠卷，在神州假貨多得很。質量略差，但不俗，因為是從某國以大卷進口後重新包裝的。聽說名牌香口膠也有假貨，我沒有吃過。膠卷與香口膠的例子示範着的，是真假難分、價格不高的產品，不容易處理。

我可能是地球上唯一的要公開說明希望自己的產品被人假冒的人。好幾年前見到市場上有不少假冒周慧珺老師的書法出售，見到周老師時對她說了，她不怒反喜。一時間我自己悲從中來，因為沒有人假冒我的書法。如果有人假冒我的書法，在藝術市場隨處可見，真迹寫得一團糟也有價！

讀者要考慮收藏藝術作品嗎？衡量選擇的準則多

多，可靠的無幾。只一項準則差不多肯定可靠：見到某藝術家的作品開始有不少假冒之作時，下注真貨。當年多被假冒的林風眠、齊白石、傅抱石、吳冠中等畫家，今天他們的「真貨」之價飛到天上去。

打假貨是蠢行為嗎？如果名牌的真貨老闆不反對假貨的存在，或默許，應該是。但更蠢的是手錶、手袋之類的名牌老闆，支持打假貨。這類產品，沒有假貨是不會在神州大名遠播的。

炒黃牛的經濟分析

二〇〇九年十二月一日

（五常按：二〇〇五年九月二十日，我發表《黃牛也有道》，過於簡略，內容遠為不足。這裡再寫，是要加強構思中的《新賣桔者言》的陣容。）

同樣的現象或行為，可以有很不相同的經濟含意，而如果政府不明道理，只管採取同樣的政策或法例來處理同樣的現象或行為，可以闖禍。

不久前我發表的《打假貨是蠢行為嗎？》是個例子。一些假貨無疑對真貨有害，但名牌手錶、手袋之類，假貨的普及宣傳可以幫真貨一個大忙。如果政府立例「打假」，把假貨杜絕，不僅會損害真貨的老闆，數以十萬計的製造假貨的工人也會受到損害，無數的消費者少了享受也。

同樣，排隊輪購這現象要怎樣解釋才對呢？傳統的解釋是因為有價格管制，售價被約束在市價之下。價管無疑可能導致排隊輪購，然而，沒有價管的超級市場，在繁忙時間一般有排隊輪購的現象。後者的可能解釋有好幾個：超市頻頻調整價格的費用可能太

163

高，或引起混亂的代價可能太高；在短暫的繁忙時間增加收錢的服務可能不划算，顧客寧願多等幾分鐘；有人龍出現，收錢的服務員會見形勢而提升工作的速度。這些及其他的解釋都有可能。跟自然科學一樣，經濟學的科學方法可教如何取捨解釋，如何決定是哪幾個解釋的合併，也教怎樣從幾個有關的合併中衡量彼此之間的輕重。

炒「黃牛」一詞據說起自二百年前上海出現的「黃牛黨」，以「黃牛群之騷然」來描述該現象。其中那個「黨」字近於不可或缺，因為下文可見，要炒得有利可圖，聯群結黨而炒之往往需要。一般之見，是「炒黃牛」通常是把原訂的物價或票價炒上去而圖利，但今天神州大地的經驗說，把原價炒下去也時有所遇。炒黃牛因而不限只炒上，而是有時炒上有時炒落。我曾經說中國的市場比西方先進之邦的來得自由，來得精彩，黃牛之價往往炒落是西方經濟學者不容易想像的玩意了。

不成氣候的課本說的炒黃牛，其實是指炒黑市。這是要在有價格管制的情況下才出現的。黑市的存在可以減少在價管下因為要排隊輪購或花時間搞關係等行為必會導致的租值消散。黑市是非法行為，破壞了價管的目的。其實價管的目的為何是深不可測的學問。我認為在私營運作下政府推出價格管制，主要是滿足某些人的政治要求。歷史的經驗，很難找到勞苦大眾能因價管而獲益的證據。

　　跟八十年代的中國相比，西方的價格管制屬小兒科了。當年神州大地的價管，主要用於國營企業的產品。此管也，容易推行，因為有國營幹部的支持。當時在價管下的炒黑市稱為倒買倒賣，誰是獲益者清楚明確。今天回顧，國企的大事價管幫助了經濟改革。這是因為價管無可避免地帶來的國企財政損失，要政府上頭負擔。上頭負擔不起，是促成要虧蝕的國企加速私有化或民營化的一個主要原因。另一個原因是世紀轉換時地價開始上升，國企因而賣得出去，有足夠的資金遣散國家職工。是的，當年賣要虧蝕的國企其實是賣地產。

　　轉談大家熟知的炒黃牛，其實主要是炒票：戲票、球票、車票、糧票、劇票、音樂會票、運動比賽票等。黃牛黨賣的稱黃牛票。炒黃牛門票有兩個特點，增加其生動性與過癮度。其一，票是小小的紙張，黃牛老兄攜帶方便，一夫之勇可以隨身帶很多。其二是門票的使用一般有時間性，過了開場或開車的時間，票的使用權一般作廢。炒票的繁忙時間通常是使用前的短暫時刻。要急切地推銷，否則作廢，這樣的局限逼使黃牛老兄們要有很高的效率才可以賺錢。他們要聯群結黨，互相呼應。黃牛「黨」於是成立，大家互傳信息的法門是個現象了。今天手提電話普及，使國內黃牛黨的運作快若閃電，令人嘆為觀止。

　　國企或公立的服務的票價往往偏低——例如新春期間的火車票價——黃牛當然大炒特炒，而我們不用懷疑

這偏低的票價會使有權發票的人獲利。公立出售的車票或門票鼓勵炒黃牛容易解釋，不用細説了。困難是私營牟利的企業也屢見炒黃牛的現象。為什麼呢？有幾種原因。

想想吧，一間私營的電影院，老闆不可能不知道怎樣訂價才對，或起碼知道價位大概應該為幾。黃牛老兄要從中取利，談何容易？大手購入一批電影票，猜錯了市場的需求，只賣出其中一小部分豈不是血本無歸？這就帶來黃牛老兄們要與電影院的售票員串謀行動之舉：賣不出去的可以靜靜地退回給票房。這是香港五十年代的經驗，導致電影院的老闆們到警署投訴，促成政府立法禁止黃牛行動。這可能是炒黃牛一般屬非法的主要原因。今天的電影院一律以電腦處理票房操作，炒黃牛近於絕跡了。

今天，國內的音樂演奏會、體育比賽等項目，皆有黃牛黨的存在。那是為什麼呢？一個原因，是這些節目的票價夠高，炒上炒落都有點油水。另一個原因，是這類演出，在國內通常有免費的贈票送給達官貴人，而這些君子們往往不知莫札特是何許人也，黃牛老兄於是把這些懶得出現的君子的門票弄到手。再另一方面，任何演出，總有些購買了門票的人因為某些事故而不能參與，於是通過黃牛老兄放出去。炒贈票或因事故而不參與的票，往往炒落——即是黃牛票價低於原訂的票價。當然，有了黃牛老兄的存在，購買了票的顧客可能見黃牛票價大升了而放出去。

　　有一次，在上海要參觀世界乒乓球決賽，黃牛老兄擔保一定有最佳座位，說明票價大約會高出原價百分之五十。到那天，知道決賽的全是中國球手，該老兄說不用急，票價一定會下跌。我和太太等到開場前二十分鐘才抵達，結果以半價得票。

　　兩年前在廣州聽某鋼琴演奏，在演奏廳門外有兩位黃牛老兄求票。以為一定爆滿，殊不知進場後，竟然發覺三分之二的座位是空置的。我立刻考查，發覺黃牛老兄要炒落。他們要以廉價購入因事故而不能參與的棄票，賺一小點錢但以低於原訂的門票之價出售。那時該演奏廳的售票處還在賣票，但票價是硬性規定了的，不能改，售票員於是眼巴巴地看着黃牛老兄在面前割價搶生意。

　　最困難的解釋可能還是英國倫敦音樂劇的黃牛安排。這些音樂劇一般上演好幾年，而往往未來一年甚至兩三年的門票一早就全部賣清光。短暫的低估了需求可能，但那樣長線甚至永遠地低估是不可能的事。然而，一位外來的遊客要看任何音樂劇，只要出得起錢，有黃牛組織可以光顧，而最方便是名牌賓館的服務處了。屬非法，沒有告示說有票出售，但如果輕聲地問服務員，他會拿起電話，讓你討價還價一下，門票在半個小時內送到。票價比原價高很多，但頂級的座位隨時可獲。十多年前在倫敦，我們一家炒了兩場，其中一場的頂級座位從原價的五十英鎊炒到二百英鎊，太貴，只讓兩個孩子去看。倫敦的黃牛黨也神

乎其技，只開場前幾個小時購得黃牛票，價夠高座位果然絕佳，而令人佩服的是這樣的黃牛處理，兩場皆坐滿了觀眾，空座一個也見不到。（我沒有去的那場，叫兒子數空座回報。）

我想到的解釋是價格分歧。音樂劇的老闆及他們的票房無從判斷誰是本地人，誰是願意出高價的遊客。他們於是一隻眼開一隻眼閉地讓黃牛組織先購入一兩年的門票。黃牛組織有不同的等級層面，可以鑑辨不同類別的顧客，價格分歧於是出現了。有了這價格分歧的處理，音樂劇的老闆以不分歧的票價出售給黃牛組織，其總收入是會高於不容許這些組織存在的。這是經濟學。

相比起來，香港的迪士尼樂園就顯得愚蠢了。幾年前啟業後不久，一些買了門票的國內客不光臨，託黃牛在園外出售。樂園報警，拘捕了一男一女，輿論嘩然。蠢到死，出售後容許黃牛轉讓的門票，其原價當然比出售後不容許轉讓的賣得起錢。這也是經濟學。

五、獨裁的遊戲（五篇）

壟斷可能是競爭的結果
——為微軟說幾句話

一九九九年十二月二日

　　美國富可敵國的、有金漆招牌的微軟公司，最近在一件被稱為本世紀最大的反壟斷官司案中，被法官殺得落花流水！雖然要待明年才判案，但此判也，凶多吉少，而庭外和解總不會得到甜頭。據說微軟打算上訴，但上訴既不能拿出新證據，成功的機會是不大的。

　　實不相瞞，我曾經是美國反壟斷官司的專家，在學術上作過研究，而在經驗上也作過兩件超級大案的幕後經濟理論顧問。我贊成競爭，所以從來不反對以競爭的方法去爭取壟斷。因此，在自由市場競爭下所產生的反壟斷案件中，我永遠是站在辯方那一邊。控方請我作顧問好幾次，我都推卻了。

　　微軟官司的法官公布他的見解後，好些人大聲拍掌，尤其是那些曾經與微軟競爭的敗軍之將。香港的《南華早報》也站在法官那一邊，認為微軟有所不是。

我認為這些人不明白市場，不明白競爭，更不明白美國的反壟斷法例是怎樣的一回事。

說來不容易相信：美國的反壟斷法例是沒有法律的——有法例沒有法律——永遠都是武斷，很有點亂來。這法例反對的不是專利，也不是壟斷，而是壟斷的意圖及行動。那是說，這法例反對的不是名詞的「壟斷」，而是動詞的「壟斷」。然而，市場的所有競爭，都是要把對手殺下馬來，不多不少是有點壟斷的「動作」的。

說反壟斷的官司判案歷來武斷，有點亂來，微軟目前的官司就是例子。要不是微軟賺那麼多錢——要不是蓋茨那樣富有——何罪之有？要是你和我在美國試行微軟做生意的手法，但賺不到錢，或虧大本，那麼就算你和我跪地懇求被起訴，美國政府也必定視若無睹。換言之，微軟的問題，是錢賺得「太多」，在競爭中所向無敵。令人費解的是，在反壟斷法例中賺錢多少從來沒有提及。

我認為除了賺錢，今天微軟在這場官司上所遇到的困境，還有三個原因。其一是他們不選用陪審團。可能今天美國的反壟斷官司與二十年前我參與時有所更改，但據我當年所知，被控的一方是可以選擇有還是沒有陪審團的。當年，一般律師認為，複雜的案件，陪審團難以明白，所以要選單由法官裁決。微軟的案件極為複雜，但我認為選用陪審團是上策。這是

因為好些人買了微軟的股票，或起碼有不少朋友買微軟而賺了錢。在一般市民的心目中，微軟的形象實在好。這家公司把西雅圖的經濟搞上去，也是美國今天以科技雄霸天下的一個大功臣。

其二，微軟在這場官司中，僱用的律師雖屬一流，但對經濟理論的闡釋卻不足。競爭與壟斷的概念，竟然沒有人對法官解釋清楚。

其三，把軟件連帶硬件一起出售，可以防止軟件被盜版或盜用。這是個重點：微軟可以說他們堅持軟、硬搭銷，不是為了壟斷，而是要為軟件防盜。我認為起碼在某程度上，這是事實，但為什麼微軟沒有把這重點說出來？

壟斷的成因有四種。從社會經濟利益的角度來衡量，只有一種是不可取的。其一是壟斷者有特別的天賦，像鄧麗君那樣的歌星，或多或少有壟斷權。這種壟斷是不應該被禁止的。要是鄧麗君還在，你要把她殺頭，還是讓她笑口常開地唱下去？

第二種壟斷是有發明的專利權或版權，或商業秘密。這種也不應該被禁止。沒有發明專利，世界上不會有愛迪生，雖然此公最後因為專利官司打得太多而近於一貧如洗。

第三是最難明白的，而也是美國反壟斷法例最通常針對的壟斷。這就是在競爭中把對手殺下馬來。這種壟斷有壟斷之貌而無壟斷之實。一萬個競爭者中只

有一個不被淘汰，但這生存的「適者」，分分鐘都懼怕眾多的敗軍之將捲土重來，所以他的產品價格不可能是壟斷之價。這是微軟的「壟斷」，有貌無實，是不應該禁止的。

據我所知，贊成自由市場、高舉競爭的有道的經濟學者，反對的壟斷只有第四種，那就是由政府管制牌照數量，或由政府立法來阻止競爭而產生的壟斷。這種壟斷香港政府是專家，也難怪幾年前消費者委員會提出的反壟斷建議遭到漠視了。

回頭說在微軟這件大案中，控方的主要理論專家是大名鼎鼎的 Robert Bork。我認識這個人。此公神高神大，聲若洪鐘，思想敏捷而深入。他曾經是芝加哥大學元老戴維德的入室弟子，懂經濟而又當過大法官，是個奇才。他寫過一本經典之作，反對美國所有的反壟斷法例。在這次世紀反壟斷的大案中，控方在政府之外的主要公司 Netscape 聘請了他。

三十年前史德拉（G. T. Stigler）對我說，人的靈魂是可以出售的。是的，人各有價！

獨裁、民主、市場
——給阿康與何洋上一課

二〇〇五年六月九日

　　上海發了神經。只三年前他們公布的令鬼子佬目瞪口呆的建築項目，今年十一月竣工，可以啟用了。是怎樣的項目呢？是一條六線行車、長達三十二點五公里的東海大橋，從浦東的南匯直伸大海茫茫的洋山島，在那裡建造據說是中國沿岸最大的貨運海港。整體三年又五個月完工，動員六千多人，投資人民幣一百四十三億，大橋的本身佔一半。是世界上最長的跨海大橋，但這紀錄只能保持三年：將於二〇〇八年竣工的、鄰近的杭州灣大橋長達三十六公里，耗資一百一十八億。

　　東海大橋的設計與算盤打了好幾年，層層拍板拍得快，施工也快。這樣的速度只有獨裁決策才可以辦到。年多前姊姊從多倫多飛訪神州，讀到正開始動工（數月前啟用）的位於浦東的東方藝術中心，美輪美奐，有所感慨，說：「多倫多要興建這樣的文娛中心，規模沒有那麼大，說了十多年，還是遙遙無期，

175

中國是搞什麼鬼的？」

中國是搞獨裁之鬼。當然不是一個人拍板，有專家，有委員，也要層層交代。沒有的是民主投票，也沒有徵求民意。要建公路嗎？中國給外人的印象，是政府拿出直尺，再拿起筆，在地圖上劃一下，然後動工去也。這當然不是實情，但印象如斯也。記得美國要建公路，單是吵鬧、論經費就花上好幾年，環保更頭痛，徵用土地也麻煩，而過了十年八載的議決，動工了，半途不是工會鬧事，就是壓力團體反對，或訴之於法，搞得成本上升逾倍，經費不足，最後要更改設計，或索性停工不幹，使中斷的懸空公路高架彷彿巨型新潮雕塑，默默無言地屹立數十載。

說獨裁決策比民主決策快，竣工快，很少人不同意——阿康與何洋也是會同意的。問題是，獨裁會作出錯誤的決策嗎？這一點，阿康與何洋會立刻舉出浦東機場的「磁懸浮列車」的例子，花了巨資建造，今天血本無歸。該列車起於這裡說的獨裁決策，怎可以算錯那麼多不容易理解。從南京到上海的滬寧公路也算錯：啟用只幾年就要加寬了。我當然不敢擔保，東海大橋的算盤沒有打錯。獨裁當然可以錯，可以大錯特錯。但問題應該不是獨裁可不可以錯，而是錯的機會會比民主投票高嗎？從判斷錯誤的概率看，像賭馬那樣下注，以較少錯為贏，我的錢會押在獨裁那一邊。

寫到這裡，機緣巧合，讀到阿康寫《學券五十

年》，説佛利民建議的教育學券制今天有起色。（也是寫到這裡，發覺《壹週刊》欠我版税，因為阿康的大文刊登的看來是一本書的封面的佛利民照片，以及學券建議五十周年大宴的入場券印上的佛老夫婦照片，皆為區區在下於一九八八年所攝。睹照思情，索版税是説笑了。）美國政府大事資助公立教育，使佛老提出的學券制成了名。但美國的公立教育是怎樣搞起的呢？起於民主投票！説浪費，與美國的公立教育相比，浦東的磁懸浮列車是小巫見大巫了。

阿康的大文的確有點啟發性：《學券五十年》！沒有算錯吧，五十年是半個世紀呀！學券制擺明是政府資助教育的上選辦法，為什麼五十年還不被廣泛採用呢？又是因為民主投票！今天，美國採用學券制的實例不多，而在佛老定居的加州，以民主投票取捨此制起碼兩次，兩次皆被否決，不是輸幾個馬位，而是輸幾條街。壓力團體奔走相告，廣告不盡不實，連思想清晰絕倫與口才雄辯天下的佛利民，身在其中也輸得面目無光。這是民主。

民主的問題不少，而關於決策出錯這個話題，其困難在於投選票而不是投鈔票。投鈔票，投者入肉傷身，不能不慎重考慮切身代價與切身利益；投選票不需要從袋中拿出錢，只模糊地希望他人的錢可以投到自己的袋中去，或模糊地期望某些利益。沒有明確的代價與肯定的回報，不會慎重考慮，容易受到煽動與誤導。

　　我曾經說過，在某些公共事項上（例如大廈外牆要塗什麼顏色），民主投票可以節省交易費用。我也說過，獨裁的交易費用最低，但可以錯估了公眾的一般取捨。這裡的問題是，建造東海大橋可不是大廈塗外牆，資金與效益遠為龐大之外，這大橋的興建不是品味那麼簡單。社會的整體經濟收益要精打細算。大橋要塗上什麼顏色大可民主投票，但應不應該建造是另一回事了。全不負責的政府，萬事皆休，但受到適當約束而負責的政府，獨裁除了可以避免上述的費時失事，其決策不會因為要討好多方而右搖左擺，或要分餅仔而作出錯誤的判斷。當然還可能錯，可能大錯，但錯的機會比在有團體壓力與影響下的投票為低。當然，官員上下其手時有所聞——這方面，我看不出獨裁與民主有什麼分別。

　　說到判斷經濟投資的準確性，獨裁與民主皆遠不及市場。市場也可能錯，但投鈔票的市場是直接的價值量度，其準確性考第一是毋庸置疑的了。這裡的問題，是像東海大橋那樣龐大的公共項目，交易費用的存在不容許市場處理。土地與大海的徵用，私人發展商就是有政府的協助也不容易。政府如果處理了這些，可讓發展商競投，而事實上東海大橋的多項工程是由商人競投處理的。問題是：東海大橋的興建與否，怎可以由市場決定呢？如果交易費用是零，或夠低，所有未來的大橋使用者可以預先出價，簽訂未來合約（forward contracts），私人發展商於是獨資或合

資地競投,政府只協助徵收土地與提供海域就是了。還可能出錯,但錯的機會甚少,因為所有未來使用者簽上 forward contracts ,大橋的價值為何極為可靠。困難是交易費用存在,這些合約可想而不可求也。

我是四十年前在洛杉磯加大與芝加哥大學接受經濟學訓練的。這兩處當時被認為是市場經濟的聖殿。於今回顧,當年的師友差不多包括二十世紀的信奉市場的所有大師了。離開這兩所聖殿一兩年內,我在想,市場不能辦到的,政府不要幹。後來改變了主意,同意郭伯偉、夏鼎基等人的看法:市場可以辦到的,政府不幹。再後來的想法——今天的想法——是市場不能辦到的,政府要考慮幹不幹,甚至考慮大幹特幹。這觀點的轉變,是經過多年在公司理論上的苦思而得到的結果。公司與政府的性質相同。既然市場不能辦到的公司可能辦到,政府也有類同的職責了。只要記着郭伯偉還是對:市場可以辦到的,政府不幹。

「大」與「賭」跟「喜功」不同

二〇〇五年十月七日

議員張文光訪珠三角後，在《明報》評述觀感，讚賞之餘提到國內好大喜功，例子有廣州的大學城，圈地四十三平方公里，懷疑是在展示一隻超級大白象。文光兄看錯了。不是說中國從來不搞「好大喜功」，以前有的是，但這種意識早就不存在了。早就沒有這種需要。

我自己也曾經作出類似的錯誤判斷。十年前上海要在浦東建新機場，我想，還算是新的虹橋機場生意平平，為什麼要建新的呢？後來浦東機場啟用了，龐大美觀，空空如也，我對自己說：哈，好大喜功！殊不知過了幾年，飛機要排隊升降。這是今天的中國。

文光兄低估了中國的人口密度與發展速度。從上海到南京的高速公路，收費的，啟用後又是空空如也，但幾年後的今天正在加寬四線。破世界紀錄的跨海大橋，一條還沒有建好就建第二條，自己破自己的世界紀錄。一家公仔麵廠每天產出三千萬包，一家鞋廠職工十二萬，樂從的家具店相連十公里，上海的超

級市場大得不容易想像。還有，義烏的小商品批發商場我入門一看就不想再走：老人家走之不盡也。大、大、大，大學城何足道哉？文光兄是少見多怪了。

九十年代中期，世界百分之十七的建築起重機集中於上海，五年內建造了香港五十年才達到的商業樓宇的總面積。跟着商業樓價暴跌，朋友都說上海發神經，只有一位不信邪，購入銀主盤，今天賺了一百倍。這也是中國。

人多加上迅速發展必有「大」現象，想像力不足不容易理解。一九八三年深圳的人口三十萬，今天一千三百萬！落筆打三更，但跟着的發展深圳處理得好。這裡我要給文光兄上一課，說園藝。舉世皆知，年長了的樹是不能拔起移動的。應該是炎黃子孫的偉大發明，他們可以搬動百年古樹而保存不死。於是立法例：人可以槍斃，但樹不准殺。這解釋了為什麼今天深圳的綠化比香港高那麼多。本來是荔枝園滿佈的窮鄉僻壤，今天深圳的馬路兩旁，不是荔枝就是龍眼或芒果。

文光兄寫道：「富裕容易浮誇，繁榮難免豪氣，珠三角的大城小鎮，都在興建巨型的政府大樓，連綿不斷地坐落在綠化大街上，宏偉的大樓與寬闊的園林，比英國的唐寧街豪氣得多。」文筆好，可惜不懂中國園藝的神乎其技，也不知道今天中國的樹，可搬不可殺。

　　回頭說大學城，珠海搞不起，中了計。不是好大喜功，而是要大賭一手。中國目前的政制，決策失誤是要負責的。問題是在地區與地區之間的激烈競爭下，不大賭幾手不會有大作為。這些年，本來是遙遙領前的珠三角，明顯地給長三角比下去。要怎樣才可以反敗為勝或追成平手呢？於是，一方面他們大興土木搞文化，另一方面要大量產出本土的大學畢業生。老實說，國內的學術水平使我失望，但他們知道，工商業的發展不需要蘇東坡，卻需要有大量讀書識字、懂得計數的學子供應。這方面，比起長三角，珠三角是遠遠地落後了。珠海的大學城搞不出看頭，廣州不信邪，大博一手。大博一手與好大喜功是兩回事。

　　廣州的大學城會成功嗎？很難說，任何投資都是賭注。文光兄要知道，他們要的不是大學城賺錢，而是要招徠大量中學成績可觀的學子，希望他們大學畢業後留在珠三角服務，然後在工商業的發展中取利。我們要深入地理解中國的制度才知道大學城是怎樣的一回事。要招徠大量學子，校園不搞得彷彿多頭大白象到處飛是難以成事的。

　　不清楚中國的制度，容易看錯！

下星期上海不堵車

二〇〇六年六月九日

　　人口二千萬的上海，下星期有五天不堵車。事緣六月十五日（下星期四）上海將舉行「六國峰會」，搞什麼我不清楚，市政府唯恐交通阻塞，通告本週末不放假，大人要上班，小子要上課。換來的是下星期三、四、五是假日，取二送三，與下個週末加起來是一連五天大假。算我孤陋寡聞，這樣別開生面的處理在其他地方沒有聽到過。

　　當然由某委會決定，因為沒有誰願意獨自負責。沒有徵求民意，也沒有吵吵鬧鬧的公開辯論，委會決定了，於是通告。你可以罵他們不夠民主，或社會成本高於社會利益。我個人覺得有趣、過癮，有點發神經。這是今天的中國。

　　三年多前上海要建東海大橋，跨海三十二點五公里，是世界最長的。當兩年多前我讀到一份外國報道，說該橋有點難以置信，好奇地查詢，已建了三分之一。去年十一月該橋落成，長度既然破了世界紀錄，理應大事慶祝才對。沒有。簡單儀式，市長沒有

出席，只派一個副市長，剪綵，幾分鐘了事。這是今天的中國。

不久前舉世知名的長江三峽工程竣工，北京說不舉行任何慶祝，後來還是派出個水利部長，說話三分鐘，了事。這是今天的中國。

今天的上海音樂廳，是七十六年前建成的南京大劇院，座位一千三百個，加上消閒地方，是巨型建築物，非常講究，內裡的大理石及細工雕刻，使之成為國家的歷史文物，要保護。四年前要建公路，該建築是障礙，二話不說，他們把那龐大建築移動二百多呎，升高十呎多。這也是中國。

提到上述看來沒有關連的例子，要示範三個觀察。其一是國內決策快，牽涉到工程的動工也快，竣工一般早於預定的日期。可能是我多次提及的地區激烈競爭促成的現象。不一定是好事。一些到國內投資的朋友應付不了那裡的節奏，而北京當局正在推出的壓制樓市的措施，顯得有點手忙腳亂了。

其二，外人看來是不「民主」的、沒有通過司法程序的決策與執行，其實是用上另一套管治制度，不知就裡容易妄下批評。歷來避談政治，但這些日子為了研究那重要的地區競爭，我不能不理解一下他們作決策的程序，以及他們堅持是否民主的政制。沒有秘密，相當公開，只是外人不習慣，學者漠視，於是高深起來了。我還在查詢，要在《南窗集》正在發表的

系列加進一篇關於國內地區的管治制度。這裡只能說，要明白中國的地區政制，我們要從一家公司或一間機構的角度入手。北京上頭的運作我一無所知，但地區的政制，是公司制。相比之下，美國的城市，法律上不少註冊是公司的，但運作程序是另一回事。二者的比較是極端重要的學術研究，自己老了，再沒有魄力去處理那麼龐大的題材。

其三是這些日子，除了「神舟」上太空，國內喜歡低調處理成果。不容易明白為什麼重要如三峽工程與東海大橋的竣工，他們視若等閒呢？好幾個可能，是無聊的猜測，不說算了。

廣州巧設空城計

二〇〇七年一月十二日

顧題思意，這篇文章是要跟廣州的朋友開一下玩笑的，而其中「巧設」二字是為了音律的需要，要用仄音，也要七個字才有「三國」的味道。

話說最近報載，去年廣州的人均收入是全國之冠，逾一萬美元，把我嚇了一跳。物價調整後，論實質收入，廣州與美國相比如何？拿起筆，在衣、食、住、行這四方面的兩地物價水平大略算一下，跟着估計廣州的衣、食、住、行的大概比重，算算廣州的一萬美元消費等於美國的大約多少。「衣」包括所有日常用品；「食」考慮了雙方的街市物價與食肆收費；「住」算美國大都會的樓價與廣州的相比，以呎價算；「行」則衡量雙方的車價、汽油價、保險、修理、公共交通等。與幾位朋友對照一下，整個計算用了兩個小時，當然不精確，但應該不會太離譜吧。

算出的結果，是在廣州花一萬美元消費，大約等於在美國花二萬五千。美國的人均收入大約三萬五千（有幾個不同數字，美國商務部公布二〇〇五年是三萬

四千五百八十六）。這樣算，廣州的實質人均收入達美國的七成多。相差那麼小？不可信。

真相終於大白。原來廣州有三項人口統計。其一是戶籍人口，有戶口的，約七百三十萬。其二是常住人口，五年統計一次，算在廣州住半年以上的，約九百九十多萬。其三是實際人口，包括着三百多萬流動人口，約一千三百萬。二○○六年廣州市的地區總產值約人民幣六千億強。以戶籍人口算，人均收入逾一萬美元，但以實際人口算，人均收入只美元五千九百。物價調整要乘二點五，等於美國的一萬四千多，實質人均收入約美國的四成多，減了三成，合理可信。

廣州以戶籍人口算出人均收入逾萬美元，是擺空城計。當局沒有隱瞞實情，空城之計是報道渲染出來的。但某報道又說當局考慮用常住人口算人均收入——多放一些老百姓進去，好叫諸葛孔明在城頭上奏琴時不會彈得太亂了。

中國的經濟發展奇速，人口四處奔跑，地區變化複雜，過癮的數據與故事天天有，各各不同。北京上頭莫名其妙地低估增長率，跟省與省的個別統計低很多。地區要誇誇其談，拜孔明為師也無不可。

過癮過癮，不久前高小勇到國內某農村調查，得到的結論是年輕力壯的都跑掉，餘下來的人口不多。小勇大勇，估計農民只剩人口的兩成，周其仁不同

意，吵了起來。

其實今天中國的農村是擺另一種空村計，跟廣州相反，但比較高明。農村的戶籍人口依舊，但不少跑到廣州等城市去，從工為生。這樣，農村的人均收入，以戶籍人口算，低得可憐。是否因此而贏得國務院取消農業稅，不得而知。如果是，我這個老人家會站起來大呼精彩。不要忘記，月薪人民幣一千六百以下是不用報稅的。

我不知道世界上有沒有其他國家，人口統計會分那麼多類，何況是天下人口最多的大國。寫到這裡，忽發奇想。如果中國的十三多億人口有十二億是流動的，那麼城市以戶籍人口算人均收入，農村則以實際人口算，一夜之間整個國家的人均收入會暴升十倍！

六、國際貿易的棋局（六篇）

日日貿易的啟示

二〇〇三年十二月十八日

　　中國入世以還，日本的經濟有起色。他們對中國的貿易順差最近再增加，去年他們常說的中國威脅日本經濟的輿論開始寧靜下來了。事實上，有些輿論轉為感激中國對日本經濟的貢獻。在這個微妙的轉變中，某日本大報的某君子提出了一個前所未聞的新觀點：日日貿易！

　　什麼是日日貿易呢？解釋是：日本人在日本的產品出口全是賣給身在中國的日本人，而在中國的日本人產出的全是賣給身在日本的日本人。說是對外或國際貿易，其實是日本人與日本人之間的貿易，日日貿易是也。

　　當然是誇張之說，事實上不可能對，但據說因為日本的文化品味特殊，中國與日本之間的日日貿易比率相當高。後者是可信的。

　　現在來一個頗為重要的問題，不是說笑的。在貿易與投資完全開放的情況下，原則上——記着只是原則

上——日本人到中國投資設廠產出，可不可以做到全是日日貿易而雙方的國民收入有增長呢？答案是可以的。

讓我先提出兩個假設。一、日本人到中國投資設廠，僱用中國勞力，因為在日資旗下，這些中國職員在經濟上算是日本的下屬。二、日本民族的品味特殊，凡是在日本或在中國的日資產出的物品，只有日本人有興趣，其他的民族皆不問津。

在上述的兩個虛構的假設下，日本出口到中國的有：一、日本本土產品，供給身在中國的日籍職員及其家屬購買；二、日本運到中國的來料加工的「料」；三、日本的發明專利、商業秘密與生產知識；四、日本的管理人材。中國出口到日本的有：日資旗下的產品——這主要是由中國勞力產出的了。

我們不難想像，在上述虛構的情況下，日日貿易的成交量可以很大，原則上可以佔了日本國民收入的一個很高的百分比。日本人賺得的是：一、從中國進口的日資產品的價格比日本自產的低廉；二、出口到中國的「料」的收入；三、日資在中國的利潤——主要是人材與知識資產的收入——其中部分寄回日本享用。中國人賺得的是：一、勞力的薪酬；二、從日資學得的知識。

會有人受損嗎？有的。在日本的某些職員，某些企業，會因為外間的工資低廉，迫使日本本土的工資

要向下調整，而如果調整不易，職員失業與企業倒閉皆會增加。這些團體當然要求國家保護。然而，事實上，開放政策與日日貿易帶來的利益，會足以彌補上述的損失而有餘。困難是我們不能想出一套容易推行的彌補方法。對受損的人來說，調整期間是痛苦的，可能為時甚久。今天過了十多年，日本的調整期看來快要完結了。真替他們高興。這些年來，因為壓力團體的左右，日圓在國際上是偏高的，但他們還是守得雲開見月明。

當然，硬性的日日貿易是虛構的。沒有這約束，日本的經濟調整，有廣泛貿易的協助，更為容易了。問題是沒有方案使受益者彌補受損者，而調整需要十多年。但如果十多年前日本人全都明白今天日日貿易的啟示，明智地懂得取捨，這調整會快得多，順利得多。這啟示簡單不過：國際貿易與投資愈是開放得快，調整愈容易。另一方面，不能否認，困難不單是日本本身的保護主義。早期到中國投資滿有沙石，到東南亞一帶又遇上什麼金融風暴。希望此後不再。

既然原則上可以有日日貿易，當然也可以有美美貿易、英英貿易、德德貿易、法法貿易……都是到中國來投資設廠的想像虛構。餘下來的中中貿易是中資產出只賣給國內與國外的炎黃子孫。是虛構的故事，有很大的約束性，但原則上只要開放國際貿易與投資，各國的國民收入會有增長。這是日日貿易的啟示。

　　這幾年我對自己提出一個問題，任何經濟學本科一年級學生都懂得答案，邏輯上不可能錯，只是自己到今天還答不出來。我問：如果香港無端端地多了一百平方英里的優質土地，可以興建數之不盡的房屋，香港人的平均收入會否增長呢？本科生的答案是肯定會增長，什麼方程式、幾何分析之類，不到五分鐘就拿得一百分。

　　然而，會發生的事實又如何？面對樓價與地價的暴跌，擁有樓宇的業主會反對，持有土地儲備的地產商會反對，靠賣地收入支薪的政府（因為需求彈性係數有所不利）也會反對——這三組人反對把那一百平方英里土地放出來建造樓宇。不是業主的或要租樓住的，當然贊成把那從天上掉下來的一百平方英里土地全部放出來興建樓宇。反對的與贊成的吵呀吵，政府左右為難，決定放一部分出來。殊不知不少業主負資產，地產商叫救命，而政府也為了保持高地價，立刻收回比「八萬五」還要高的承諾。這是真實世界。經濟邏輯，是全部放出無端端的天賜土地，興建樓宇，國民的平均收入一定增加。然而，利益所在，各顧各的利益，平均收入反而減少了。我想不出有哪個可以解決這個矛盾的、皆大歡喜的方案。

　　土地如是，勞力也如是。我說過了，十多年前，因為之前的封閉與半封閉的國家搞開放改革，一時間地球多了大約二十億廉價勞力參與國際生產競爭。土地與勞力都是生產要素，本科生的考試答案，像土地

一樣，廉價勞力的暴升會使地球人口的平均收入上升。問題是因為壓力團體的存在，保護主義抬頭。這與上述的虛構土地例子如出一轍：壓力團體促使政府保護，不把驟然急升的土地放出來，好好地利用。

　我不知道要給那位發明「日日貿易」的日本仁兄一個什麼獎。但他的發明啟發了我，使我能從一個真實世界不存在的極端而又硬性的角度推到盡，得到啟示。虛構的日日貿易有大約束，不可取，但遠勝於沒有國際貿易。然而，要有日日貿易，日本要鼓勵日資外流，也要開放貿易。保護主義如果成功，連大有約束性的日日貿易也沒有。要知道，日日貿易之說是中國簽訂了世貿協議之後才有日本仔想出來的。

配額：前車可不鑑乎？

二〇〇三年十一月二十六日

（五常按：成衣配額的國際法例演變後來跟本文提到的不同，但本文的理論分析正確無誤，經濟學要這樣處理才對。同學們要注意，這裡我刻意地一連三篇反覆分析，為的是要示範需求定律與租值概念合併的解釋威力。）

中國兩年前簽訂世貿協議後，紡織成衣產品進入美國的配額按步取締，其中一些取消了配額。後者中有三種產品因為取消了配額而導致美國進口急升。美國決定把配額於明年初放回去。中國反對，說美國違反了世貿協議，美國則認為沒有違反，吵了起來。公有公理，婆有婆理，我不懂，但誰對誰錯不是這裡要探討的話題。

經濟學者是屢有分析配額的效果的。他們一般是按照課本的方法，把幾條曲線移來移去，看着法例加上一點變化，然後以些什麼回歸分析計量一下。這種分析不是錯，而是因為過於着重方程式與進出口數字，忽略了我認為是製造品配額最重要的含意，也即

是説漠視了最重要的內容。讓我説説吧。

二十世紀七十年代，香港成為世界第一成衣（紡織品）出口「國」。你道為什麼？是因為六十年代中期，美國及其他先進之邦，以配額約束香港紡織品的進口數量！

那些年頭我在美國，親眼看得分明。六十年代，香港的紡織品只在低檔的百貨商場的地庫（basement）出售，品質奇劣，價格相宜，見不得光，與數之不盡的落後國家的產品排排坐。配額約束實施後，香港成衣的質量急升，幾年之間由地庫升到最高檔次的那一層，而價格也大幅提升了。不少美國的高檔牌子慘遭淘汰，或節節敗退。是的，七十年代後期，香港富有的太太小姐們，坐飛機到美國的高檔商場購買衣服，買回來的都是香港貨。

有什麼奇怪了？四十年前美國某些州份把香煙稅改為以每包算，香煙立刻加長。若干年前西雅圖某區政府委任的收垃圾公司發了神經，垃圾按每箱收費。該區的垃圾箱立刻加大，塞得滿滿的，父母叫孩子在箱中的垃圾上跳，結果是垃圾箱重得拿不起來！

配額是值錢之物。一件成衣要一個配額才可出口，製造商怎會不增加其質量呢？這正如香港進口的美國蘋果與金山橙，因為高檔的與低檔的要加同樣的運費，進口商當然選高檔的了。如果我瞞着老婆，偷偷地帶一個像年輕的宋美齡到雅谷進晚膳，我不會那

樣傻，問侍應有沒有漢堡包。

經濟理論的解釋當然還是那條需求定律。香港中六學生懂得的答案，是雖然加上運費後，優質蘋果與劣質蘋果的價格一起提升了，但從相對價格那方面看，優質蘋果的價格是下降了的。需求定律的價格，永遠是相對價格。同樣，提升成衣質量，其價格是上升了，但優質與劣質同樣加上一個配額之所值，優質成衣的相對價格下降，所以出口的質量提升。

這分析，中六學生說得出有一百分，但到了博士後只得六十，強可及格，因為只是大略地對。較為正確的分析比較深入，要把「量」來一個頗為複雜的闡釋。拙作《科學說需求》的第六章第五節處理了這個問題。

為什麼被配額約束了數量，香港當年會成為天下第一紡織成衣出口「國」呢？答案是兩個理由的合併。其一是優質使價格上升，而出口總值以價算。其二是優質的成衣遠為耐用，減少了他國的出口量。

另一個問題來了。當年亞洲的國家都受到同樣的配額管制，為什麼主要是香港跑了出來呢？答案還是需求定律：整個亞洲只有香港容許配額在市場自由買賣。這自由轉讓不僅使配額落於善用或適用者的手上，也使配額的價值上升，而這使香港的優質成衣的相對價格下降得更多了。聽說國內的紡織品配額也有在市場轉讓的，但因為法律不容許，市場就發明了一

些偷龍轉鳳的轉讓方法。這增加了交易費用，然而，一般的觀察是國內的配額轉讓盛行，對產品質量的影響應該與香港昔日的相若。

任何製造品都有多個層面的檔次。在國際自由貿易的市場中，不同之區會按他們的比較優勢成本來選擇各適其適的品質檔次產出，選錯了的製造商會被市場淘汰。不是說在配額引進之前，香港的製造商沒有能力產出質優、檔次高的成衣，而是在國際自由競爭下，他們認為投資於高檔次的產品，其成本鬥不過先進之邦。

配額的引進，是把自由市場的質量檔次排列更改了。怎麼可能呢？配額之前香港的成衣製造商認為走高檔的成本過高，走不過，難道配額之後走高檔的成本下降了嗎？不是的。答案是：配額引進之後，成衣製造商之間的競爭受到約束，使配額的每個受配者在某程度上擁有一點壟斷權，配額之價代表着壟斷租值，而這租值的存在容許持有配額的競爭者提升成本，因而容許成衣質量的大幅提升。在持有配額者的競爭下，均衡點是質量提升的成本增加在邊際上與配額的租值相等。成衣質量的大幅提升於是可分兩部分看：其一是需求定律強迫質量上升的選擇；其二是配額租值給予成本上升的空間。這是經濟學。

是愚蠢得不容易想像的保護主義。當年美國與其他先進之邦，為了保護自己的紡織成衣商，把落後而

質劣的香港紡織品加上配額限制。然而，到頭來，落後的香港成衣商，因為配額保護着他們，給他們有可觀的配額租值，讓他們有成本空間大展拳腳，提升產品質量，把先進的配額倡導者殺下馬來。這叫做拿起石頭砸自己的腳。

這些年來中國大陸的紡織成衣，有眾多港商的參與，質量廣及多個檔次，其中不乏高檔的。入世之後，面對配額的瓦解，製造成衣的競爭急升。在這樣的情況下，配額的重臨會使他們精益求精，可能把金縷衣造出來。城門失火，殃及池魚，歐洲的什麼名牌將會有難矣！

出口從量稅的經濟分析

二〇〇五年二月七日

從量稅是 unit tax 的國內中譯，與從價稅（advalorem tax）排排坐。二者都是銷售稅（sales tax），前者按件算，價格不論，後者按價算，通常是物價的一個百分率。從量稅與從價稅的區別分析，經濟本科一年級必讀，可惜毫無新意，像一潭死水，當年我聽不到五分鐘就魂遊四方。到了研究院，這個題材換了幾條方程式，什麼彈性係數之類悶得怕人。

去年九月，美國商務副部長訪中國，要求依照世貿協議的規定，今年一月一日撤銷紡織品配額後，中國自動限制成衣出口，而美國之外的好些國家，尤其是歐洲的，大都有類同的要求。中國要怎樣自動約束才對呢？再引進配額是明顯地違反了世貿協議，而任何限制國際貿易的政策，免不了違反世貿協議的精神。然而，國際壓力如斯，要怎樣應付才對呢？

北京顯然認為，自動限制比他國出術留難好一點。最近他們推出「自動限制」紡織品出口的從量稅，理由是希望此稅能鼓勵出口的紡織品提升質量。

這是有腦的想法，不俗不俗，可惜還想得不夠周全。

指出這從量稅的不足之處之前，讓我先說這新政策是抽一百四十八項紡織品的出口從量稅，其中一百二十五項每件抽人民幣二毫，二十一項每件抽三毫，兩項按重量，每千克抽五毫。是輕稅，雖然有些紡織商叫救命。另一方面，中國的紡織品出口量龐大，單是上海海關在一個星期內的從量稅總收入，就達二千一百九十萬人民幣。再另一方面，我不認為這次從量稅的推行會滿足老外提出的「自動限制」的要求。

說出口從量稅會提升紡織品的質量是對的。香港的中六學生懂得這樣說，但其實是湛深的學問。四十多年前老師艾智仁首先提出如下的問題：為什麼美國的金山橙與蘋果出口，永遠是選擇質量最高的呢？他的答案，是因為出口要加運費，而優質與非優質的蘋果的運費一樣，所以雖然優質的蘋果的價格比較高，但加上同樣的運費，到了外地，與非優質的相比，優質蘋果的相對價格是下降了。

舉個例，如果美國的優與非優蘋果的價格是二毫與一毫，相對價格是二比一。假設運費是一毫，到了外地的價格是三毫與二毫，相對價格是三比二，即是一點五比一，優質蘋果的相對價格是下降了。需求定律所說的價格永遠是相對價格，所以外地對優質蘋果的需求量在比例上是高於美國的，因而主要選優質的出口。目前中國推出的紡織品出口從量稅，理論上與

加運費有同樣的提升質量的效果，皆需求定律使然也。從價稅不會改變上述的相對價格，所以要提升出口紡織品質量，從量稅是正着。

當年大家都以為分析就是那樣簡單，但一九六九年，兩位芝加哥大學教授（J. Gould 與 J. Segall）發表文章，以等優曲線清楚地證明艾師的分析是錯了。大家被弄得天旋地轉，因為事實上，運費提升，出口的產品質量跟着提升是千篇一律的現象。當時同事巴賽爾就作了如下的實證研究：美國的香煙有長有短，一些州抽從量稅，一些抽從價稅，資料證明，抽從量稅的香煙較長。為這爭議我的一位學生（J. Umbeck）發表了兩篇很好的文章，支持艾師的分析，但得不到完滿的答案。最終艾師還是對，只是邏輯有問題。幾年前由我「破案」，找到了完滿的分析（見拙作《科學說需求》第六章第五節）。這裡只說艾師的結論沒有錯，而說從量稅會提升出口紡織品的質量也沒有錯。

複雜又來了。二〇〇三年十一月二十六日，我在《信報》發表《配額：前車可不鑑乎？》是自己這兩年比較稱意的文章。該文指出，二十世紀七十年代，香港成為世界第一成衣（紡織品）出口「國」，主要是因為美國及其他先進之邦，以配額約束香港的紡織品進口數量。配額值錢，而香港容許配額自由地在市場轉讓，其價更高。經濟效應有兩方面。其一是上文提出的因為優質產品的相對價格下降，出口會偏於優質那方向走。其二是配額給每個受配者一點壟斷權，配額

之價代表着壟斷租值，因而容許有配額的競爭者提升成本，使出口紡織品的質量大幅提升。均衡點是質量提升的成本增加在邊際上與配額的租值相等。這是説，配額租值給予成本上升的空間；需求定律強迫質量提升的選擇。換言之，當年香港的紡織品本來是低檔的在外地商場的地庫賤售之物，但引進了可以轉讓的配額制度，數年間質量急升，升到商場最高檔次的那一層，把老外的名牌打得叫救命。

回頭説目前國內實施的紡織品出口從量稅，雖然稅的本身有提升出口質量的選擇之效，但因為遠低於此前的配額市值，也由政府收取，質量可能不升反跌。質量大幅下跌的機會不大，因為在配額制時提升了，攻佔了市場，紡織商不會那樣傻，放棄既得之市。

還有兩個問題。其一是出口從量稅是盈利所得稅之外的附加稅項，雖然原則上可從所得稅扣除，這附加會淘汰一些在沒有從量稅的情況下僅可生存的競爭者。其二是與配額相比，從量稅只改變了優質與非優質的相對價格，在現存的產品中會鼓勵質量較優的出口。然而，與配額制的重要不同處，是從量稅沒有提供以增加成本來改進產品質量的空間。

我為這個「政策」問題想了好幾個晚上，不是為了要改進什麼，而是遇到的是有趣的經濟難題，見獵心喜。先此聲明，我是反對配額或任何出口稅的。世

界的政治局限我是門外漢，但如果聽到或讀到的是大概地對，不能漠視，我想出如下的折衷辦法。

凡是出口的紡織品，一律取消盈利所得稅（或取消現有的所有稅項），只抽出口從量稅，此消彼長，務求二者打個平手。紡織業的總稅率應該與其他行業看齊，只是前者在出口產品上換了單用從量稅的抽法。因為不再抽所得稅，從量稅可以提升，老外應該開心一點。與約束出口量的配額相比，從量稅是約束出口價，如果不抽所得稅，從量稅也有提升成本的空間，雖然與配額的不完全一樣，但有類同的效果。出口量會減少，但出口的總值多半會上升。

多方面考慮，我認為對中國紡織業的發展，出口產品不抽所得稅只抽從量稅的制度，有機會勝於此前的配額制。但我不是稅務專家，怎樣施行，每項紡織品的從量稅如何釐定，怎樣算出從量稅與取消了的所得稅大致打平，是我所學之外的話題了。

薄熙來兵三進一

二〇〇五年六月三日

在歐美壓力下，幾星期前中國考慮大幅增加紡織品的出口從量稅，五月二十日宣布將於六月一日施行。這消息害得我整晚睡不着。從來不認為自己有什麼影響力，但今年二月七日我在《壹週刊》發表《出口從量稅的經濟分析》，支持當時中國推出不久的、一百四十八項紡織品每件人民幣二毫至三毫的出口從量稅，同時建議，如果先進之邦認為抽得太輕，不妨增加，但要調整紡織品製造商的國內所得稅。

最近公布大幅提升的紡織品出口從量稅，沒有所得稅抵銷的調整，把我嚇了一跳，看來北京的朋友沒有讀過我二月七日的文章，也可能讀過但誤解了我的分析。提出政策建議，我歷來謹慎——人家不聽猶可，但依我而行，闖了禍，水洗不清，我這個老師傅不知要躲到哪裡去。殊不知到了五月三十日，離大幅增加出口從量稅只兩天，商務部長薄熙來突然回手，宣布取消八十一項紡織品的出口稅，其他詳情我不清楚。這使我舒一口氣！

經濟理論簡單，但分析複雜，讀者要小心了。

首先是前年在報章讀到，依照世貿協議，中國某些紡織品出口取消了配額，但美國考慮把配額放回去。於是，該年（二〇〇三）十一月二十六日我在《信報》發表了《配額：前車可不鑑乎？》，是幾年來自己比較稱意的文章。該文指出，六十年代，香港的紡織品質量奇劣，只能在美國的低檔商場銷售，但後來有了配額制，出口紡織品的質量急升，從見不得光的商場地庫升到最高檔的那一層，把老外的貴價牌子殺得叫救命。

有關的分析是基於三個重點的。第一，配額值錢，出口的同項紡織品，優質與劣質要用同樣值錢的配額，當然是選優質的出口了。經濟理論似淺實深。首先是艾智仁於六十年代初期提出的需求定律的解釋。艾師指出，美國的蘋果與金山橙出口，永遠是質量最佳的。這是因為優質與劣質，每果運費相同，加上運費，優、劣的價格雖然一起上升，但與劣質比較，優質的相對價格是下降了，而需求定律的價格永遠是相對價格。本來是天才之筆，但一九六九年，芝加哥大學的兩位教授，以等優曲線證明艾師之見是錯了，錯得清楚。問題是，出口的水果永遠是質量最佳的，千篇一律，顯然與加上運費有關。支持艾師之見，我的一位學生與兩位同事發表了幾篇很好的文章，但答案的邏輯還是有問題。終於五年前由我破案：艾師的結論沒有錯，但邏輯要修改（見拙作《科學說需求》第六章第五節）。

配額導致出口紡織品質量急升的第二個理論基礎是這樣的。有優、劣二質的同項成衣，如果加上夠高的同樣運費，會選優質的出口。問題是，只加運費，成衣商會選現有的優質出口，不會增加成本再提升成衣的質量。配額是另一回事。市場有價，配額的價值代表着一種壟斷租值。這租值放開了一個以提升成本來再增加成衣質量的空間。在市場競爭下，均衡點是在邊際上，質量成本的增加與配額的價值相同。

第三個重點是香港當年容許配額在市場買賣、轉讓。這轉讓提升了配額的價值，也容許配額落在價值最高的使用者的手中。是香港之幸。當年整個亞洲的紡織品出口都有配額，但只有香港容許自由轉讓。香港因而殺出重圍，小小的城市成為舉世無匹的成衣出口「國」。

回頭說出口從量稅。此稅按件算，unit tax 是也，與從價稅（advalorem tax）——按價的一個百分率抽——是不同的。前者改變了優、劣二質的相對價格，後者不改。這是說，有優、劣二質的同項成衣，前者會導致選擇優質的出口，後者不會。問題是，加從量稅與加運費對優、劣出口的選擇一樣，沒有配額那種容許提升成本再提升質量的空間。所以在二月七日的《出口從量稅的經濟分析》一文中，我建議把成衣商的國內所得稅取消，把稅收搬到出口從量稅那邊去。處理得當，這會有配額的提升質量的效果。但很不容易處理，而我不懂稅務，不敢多說。

　　我為中國大幅提升紡織品出口從量稅幾晚睡不著，因為這提升沒有其他相應的增加成本空間的調整。這樣，大幅提升從量稅等於大幅提升運費，雖然國家增加了稅收，但在國際競爭下愚不可及。想想吧，中國紡織品的主要競爭對手，不是歐美的世界名牌，而是印度、菲律賓、墨西哥等有大量廉價勞力之邦。只提升從量稅（等於提升運費），豈不是讓這些僅落後中國少許的國家在背後一刀斬過來？

　　二○○一年四月，我到大連講學，聽到那裡的朋友大讚市長薄熙來，提到他將會轉任省長，沒有一個捨得，說有些市民竟然像杜甫寫的「牽衣頓足攔道哭」，就留上了心。這次他一下子取消出口稅，不知他怎樣想，也不管有批評，認為確有大將之風。這邊廂有協議，那邊廂不協，你走這着，我走那着，是國際的政治經濟象棋。朋友，你懂得下嗎？所以當我讀到薄前市長取消出口稅這一着，比我想得出的高明，不由得對太太說：走得好。

　　薄熙來走的是閒着，以不變應萬變。朋友，如果你坐下來下象棋，對手說準備了多項殺手鐧，讓你先行，你會怎樣走呢？炮二平五主攻，馬二進三主守，都露了底。薄熙來選走兵三進一！這着棋有兩個名堂：稱「仙人指路」，又稱「投石問路」。這是保持先手，讓對方回應再作打算。

　　世事如棋局局新，不容易見到更刺激的棋局。會怎樣演變下去呢？

從日本的經驗看地球一體化的不幸形勢

二〇〇九年七月七日

　　我歷來敬仰經濟學大師森穆遜，今天九十四歲了。不久前他發表了一篇文章，認為中國有機會成為地球經濟的一哥。我為文回應，但不夠詳盡，這裡再說，是轉了話題，但要先重複我在該文寫下的一段話：

　　「森穆遜提到，在國際貿易收支失衡的情況下，美國很可能走上保護主義的路。我認為如果奧巴馬的政策成員真的有森氏說的水平，保護主義是不會出現的。這是因為今天的世界與二十年前的很不相同：開放而又滿是廉價勞工的發展中國家無數，在產品的成本上這些國家與先進之邦出現了一個差距很大的斷層，『保護』對成本高的國家會帶來災難性的發展。好比如果禁止或約束中國的玩具進口美國，進口商會轉到印度等地方購買，就是對所有國家封殺也不容易找到投資者在美國設廠製造玩具。這是說，今天，保護主義的有效施行是要全面性的：國際要全面，製造品也要全面。這樣一來，美國的物價大幅上升不會被

217

消費者接受。」

讓我從日本説起吧。五十年前，日本的製造品在國際上開始發難，價廉，且質量不斷改進。先進之邦鬥不過，約十年英國輸得面目無光，繼而美國及西歐。在保護主義的壓力下，日圓大幅升值。記不清楚時日，也不記得過了多久。記得的是日圓從三百六十兑一美元升到八十兑一美元，上升了百分之三百五十！這就帶來一個經濟奇蹟：日圓上升了那麼多，但日本的產品還在國際上暢銷，還是滿佈地球。日本當時繼續有貿易順差不奇，因為彈性係數有決定性，但出口產量依舊強勁卻是奇蹟。相比之下，兩年前人民幣兑美元只上升了百分之十強，中國的廠家就遇到困難，在新勞動合同法引進之前好些工廠開始關門了。

日本當年的際遇與中國今天的際遇大為不同，可不是因為中國產品質量的改進速度比不上人家，而是五十年前落後國家的製造品能大量地攻進先進之邦的，只有一個日本。日本的人口一億多。七十年代加進亞洲三小龍——香港、台灣、新加坡——八十年代再加上第四小龍——韓國。連日本一起算，這些新興之區的總人口只約二億。世界人口是五十億強。

拉丁美洲的際遇歷來風風雨雨，這裡不說。地球一體化始於三十年前中國開放改革，跟着是印度，再跟着是蘇聯瓦解，東歐參與國際競爭，又再跟着是越南、非洲及那些「斯坦」之邦。這是說，三十年來，

參與國際競爭產出的人口增加了不止三十億（勞動人口當然較少），比日本與什麼亞洲小龍的人口多了十多倍！六年前，美國的商場滿是中國貨，但當人民幣兌美元只升約百分之十，那裡的商場不同國家的品牌無數。

想當年，日本的國際競爭形勢與今天的中國很不相同。在缺少發展中國家的競爭下，日本承受得起先進之邦的保護主義，而他們選擇讓日圓的國際幣值大幅提升，換取先進之邦不大加進口稅，是明智的選擇。可惜跟着的處理出現了問題。是的，跟着而來的日本故事是悲哀而又有趣的學問了。

是經濟學博士生也不容易考得及格的問題。當年日圓兌美元上升了百分之三百五十，日本貨還是銷售得好，失業率沒有多大變動，經濟整體的均衡點要怎樣調整才對呢？答案是三方面的合併：提升外匯儲備，提升工資，提升租值（是經濟租值，見拙作《供應的行為》第二章第三節）。日本的外匯儲備無疑是大幅提升了，但從他們經濟整體的實力看，微不足道。工資提升得快，而當時的日本，終生僱用的合約安排普及，這提升主要是以分花紅的方法處理。當年日本員工的「分紅」的誇張，使舉世嘩然。

是在租值大幅增加的發展中，日本當年的政策闖大禍！他們變本加厲地禁止農產品進口——這是增加租值的一種方法。七十年代後期我路經日本時，在一間高級零銷店見到如下的訂價：一隻番茄五美元，一粒

溫室葡萄一美元。我帶兩個孩子到可能是最高檔次的花園餐館進午餐，最相宜的套餐每位美元一百五十。

明治維新之前的德川時代的大地主們的財力，百多年後還存在。他們要地價高，而禁止農產品進口是非常有效的方法。七十年代日本的工資急速提升，主要通過分紅制，有需要時下調不困難。然而，房地產的價格（屬租值）上升，下調卻不容易。有兩個原因。其一是在政治壓力下，農產品進口不容易解禁。其二是房地產一般押進銀行借錢，水漲船高，借貸大幅上升。一九八五年，日本的房地產價格比香港的高出不止一倍。

大約一九八六我發表《日本大勢已去》，年多後，我見中國的發展有看頭，接受邀請在日本的《朝日新聞》的頭版發表了一篇對日本經濟前景不看好的文章。由他們翻作日語，而據說《朝日新聞》是當時日本的第一大報。好些日本朋友讀後不開心。

這就帶來另一個有趣的經濟現象。日圓兌美元大升了好幾倍，以美元及先進之邦的幣值算，日本的人均收入很快就與先進之邦打成平手。但因為工資與租值跟着大幅上升，在禁止農產品進口的局限下，日本人的實質生活水平其實升得遠沒有那麼高。這個發展，促使七十年代至大約一九八七年，日本人大手調動資金到外地作房地產投資，到泰國等地投資設廠的也無數。這些投資一般不是那麼理想——日本要到九十

年代初期開始進軍中國才算是有所斬獲。美國的朋友應該記得，七十年代後期與八十年代初期，美國的國際機場滿是日本學生及小孩子。這是日圓大幅上升給日本人民帶來的利益了。

一九八六年底或八七年初，日本的房地產市場終於崩潰，不到一年大城市的高級商業樓宇下跌了百分之八十以上。這導致那裡的銀行紛紛步入困境。通縮出現，經濟不景大致上持續到今天。這個日本不景現象連帶着的，是那裡的貨幣量推不上去。佛利民很關心這個發展，他謝世前數年幾次跟我談及日本的貨幣政策問題。日本有關當局不放寬銀根困擾着他。到二○○一，佛老說日本可能有轉機。我的看法不同，但沒有向佛老提出自己當時還是有點模糊的見解。

我認為德川時代的地主演變成為後來的資本家的後代，不少是日本的國會議員。他們反對日圓貶值。這個意向與放寬銀根及搞起通脹是背道而馳的。另一方面，經過那麼多年的向外投資的發展，維護日圓的強勢是需要的。君不見，幾年前日本的輿論就出現了「日日貿易」之說：日本輸出物品到中國去給那裡的日本人及廠家，日本在中國的廠家的產品輸出到日本去。這個有趣的輿論是正面的，大有感謝中國之意。

這就帶來本文要說的重點。日本的經驗，是日圓大幅升值，以先進之邦的幣值衡量，日本的人均收入水平很快就追上先進之邦（實質生活水平是另一回

事）。但日本只有一億多人口，先進之邦可以不困難地把他們的國民收入拉上去。香港昔日只五百萬人，七十年代工業起飛，一九八二年初港元兌美元升至五兌一，也同樣地把香港的人均收入拉上去。差一點的有台灣，有新加坡，到了八十年代再差一點的有韓國。說過了，連日本在內，這些算得上是有成就的發展中地區的總人口只約二億，先進之邦可以維護自己的工會與最低工資而在某程度上把這二億人的人均收入拉上去。

今天的地球局限有了大變。自中國開放改革以還，新興的發展中國家的人口不止三十億。增加了那麼多的窮人參與國際產出競爭，先進之邦是拉不上去的。拉不上去，先進之邦不能不面對下面由無數廉價勞力組成的低成本斷層。上層不撤銷工會與最低工資，早晚會被下層拉下去。撤銷工會及最低工資會使上層的租值上升，原則上可以穩守。這是因為依照比較優勢定理，先進之邦在沒有工會及最低工資的約束下，大量廉價勞力參與國際競爭會使他們的知識租值大幅提升。這是經濟學，可惜今天失傳了。

我希望讀者明白，今時不同往日，先進之邦再推出保護政策是愚蠢的，因為一定要很全面才有效，而這樣做會無可避免地帶來他們不可以接受的物價大升，知識租值會消散得快。另一方面，六年以來我堅決反對人民幣兌美元升值，主要是因為我看到中國要面對的世界，與日本當年面對的很不相同。

閉關自守也無妨！

二〇〇九年九月二十二日

　　去年奧巴馬競選總統提名時，說如果他獲任總統，會杜絕中國的玩具進口美國。據說不安全是原因。後來他認說錯，有歉意。（想深一層，美國本土的玩具工業早就移師中國及工資較低的國家，去如黃鶴，沒有什麼可以「保」的。）最近九月十一日美國宣布對中國輪胎徵收懲罰性的進口稅，三年加三次，每次加得厲害，得到奧巴馬批准。奧氏之前，布殊執政時，美國的壓力團體多次提出對中國貨進口徵收懲罰稅，據說有六項通過有關當局，皆被布殊否決。

　　有一個嚴重問題。這次在懲罰中國輪胎進口的言論中，沒有提到像玩具那樣，被指有危險成分。中國製造的輪胎顯然被認為是安全的，只是價格相宜，導致美國的輪胎工人失業，所以要懲而罰之。既不危險，也非傾銷，只是價格過低。這樣，將來反對中國製造品廉價進口的聲浪會不絕於耳，奧巴馬不容易厚此薄彼，輪胎的命運會成為保護主義捲土重來的先驅。不可能是美國消費者的選擇。

重罰中國輪胎進口，美國還存在的輪胎製造商會得益，但沒有誰會在那裡興建輪胎工廠。這是因為懲罰關稅這回事，既可來，也可去，設廠造輪胎是蠢行為。其他發展中國家呢？大量產出輪胎，廉價輸美，也會同樣地遇到懲罰關稅，所以也不會那樣傻，見到自己的國家還沒有被點名就趕着去設廠產出輪胎了。如此類推，明智的發展中國家的投資者，會選擇不走廉價輸出美國的路，轉而謀求發展中國家之間的互相貿易，地球一體化會變為地球兩體化。

上述是我持有的水晶球的看法，可能想像力過高，但邏輯是對的。中國可以報復（retaliate）嗎？當然可以，而縱觀今天中國持有的籌碼，容易。我反對。曾經說過，無論外間怎樣懲罰中國貨進口，北京的朋友不要採取任何報復行動。協商不成，他們要懲罰，一笑置之是上策。何況今天遇上金融危機，此報復也，將會導致保護主義地球化，對中國半點好處也沒有。是的，協商不成，北京的朋友要逆來順受。尤其是，我認為中國的經濟發展到今天，就是被迫要閉關自守，有得守，守得雲開見月明。

我要從史密斯的《國富論》起筆的製針工廠說起，向北京的朋友解釋一下簡單的分析。史前輩的製針工廠，因為工人分工合作，每人的平均產量，比獨自操作的產量高出數百倍。我曾經指出，因為專業而分工合作，其產量可以容易地上升逾萬倍。這是史前輩指出的「國富」的主要原因。他跟着翻來覆去地指

出，要鼓勵專業分工產出，市場貿易不可或缺，因為沒有市場無從專業。這就帶來史前輩的一個重要格言：「專業產出的限度是由市場的廣闊度決定的（Specialization is limited by the extent of the market）。」

這裡我要用一些真實的數據來示範市場廣闊度對生產成本的重要決定性。二〇〇一年為了寫《供應的行為》的第三章——《生產的成本》，我要求一家印製商提供印製書籍的成本數字，由花千樹的葉海旋核對，說明一分也不能錯。是一本三十二開內文一百九十二頁的平裝書，以港幣算，時間是二〇〇一年七月。眾所周知，印製書籍是量愈大平均成本愈低。我獲得的數據，印製五百本的平均成本是每本五十七元二毫九分，八千本的平均成本是七元五毫三分。資料顯示，開頭平均成本跌得急，到了八千本就跌得遠為輕微。當時我算過，考慮到倉庫的租金，無限量的不急銷售，以香港而言，每次印製八千本最着數。

在香港要出書過癮一下的君子們知道，因為市場小，要銷售五百本不容易。二〇〇一年的市價，內文一百九十二頁的書每本約四十五元，批發六折，是二十七元。沒有算進編輯、設計費用，五百本的平均成本五十七元多，要過癮不能不入肉傷身。要真的過癮，二千本（印製成本平均約十七元）是起碼的要求了。

市場銷量夠大是利用專業分工產出而減低成本的主要法門，也因為這法門的存在，基於私有產權的經濟就可以誇誇其談了。印製書籍是量愈大產出平均成本愈低的一個好例子，可能有點誇張，但我們不難想出更誇張的其他實例。權利有了清楚的界定（所謂私產）是市場運作的先決條件。這是科斯定律。但有私產，市場的銷量不足，算你是絕頂天才也只能大嘆倒楣了。

神州大地的人口比香港的高出二百倍。要出書過癮一下嗎？國內今天的書價比香港的大約低一半，成本也大約低一半，銷售二千本當然遠不及香港那麼困難。書籍如是，其他產品也如是。外間多購中國貨是擴大市場，有助，但自己既然有那麼大的市場，他們要保護什麼的，讓他們保到夠算了。不容易明白，美國在消費指數一蹶不振的今天，他們會推出保護主義。難道輪胎之價大幅提升，那裡的市民會多購汽車嗎？是湛深的學問，我不懂。

美國推出保護主義，對中國當然不利。但此不利也，在發展得有頭有勢的神州大地來說，因為本身的市場夠大，用不着哭出來。報復還擊，怎樣算我也算不出對中國本身有好效果。中國的勞苦大眾拼搏了那麼多年，站穩了腳，讓他們享受一下外間的名牌貴貨不是很好嗎？索性取消所有進口關稅吧！是站起來表演一下真功夫的時候了。

　　我曾經指出，中國要大事發展的是內供，而不是內需。只要內供發展得好——主要是撤銷所有約束內供的管制——內需的威力會隨之而來。外需無疑有助，但今天看已經不是炎黃子孫的生存命脈了。一個人口不多的小國，要靠出口換飯吃，或靠開賭，或靠旅遊，或靠碰中了些什麼天然礦物。但中國不是小國，人口多而又吃得苦，市場大得驚人，而工業的確是發展起來了。人家要保護，中國在不利中可以穩守，而長此下去，最大的輸家一定是推出保護的那一方，因為在保護中市民是買貴了貨，資源的使用也被誤導了。日本保護農產品的經驗是災難性的。

　　我感到惋惜的，是美國懲罰中國的輪胎進口，在過渡期間中國的輪胎製造商會受到損害。中國自動提升出口稅會打上交叉，也會與目前的出口稅制有衝突。自動約束出口量是配額制度，麻煩多多，紡織品的前車可不鑑乎？然而，輪胎出口配額會減少甚至彌補製造商的財政損失，而更重要是會大幅提升出口輪胎的質量。如果美國可以接受這配額而放棄懲罰稅，對中國來說是比較上算的。我可以保證，如果懲罰稅換作配額制，而商務部懂得容許配額以市價自由轉讓，中國產出的輪胎的質量會冠絕天下。這是價格理論的推斷，其準確性與牛頓推斷樹上的蘋果會掉到地上相若。

　　（五常按：如果美國政府言而有信，把中國輪胎進口美國的稅分三年猛加三次，美國的輪胎工業會怎樣

了？我想到的答案是那裡的輪胎工廠多半會關門大吉。這是因為進口商會提早大量進口中國輪胎，儲存起來，逐步銷售，使本土的輪胎工廠好幾年半點生意也沒有。）

七、從農民到燕子（五篇）

要冷靜地處理中國農民問題

二〇〇四年三月二十五日

（五常按：此文發表後幾天，趙紫陽先生託他的女兒給我一個口信，說他完全同意文內提出的三個原則。本文發表之際，農民轉到工業去正在大量體現，而農民的收入正在直線上升。風雷急劇，我要到年多後才肯定這個大好形勢的發展。不是當時不知道，而是《中國農民調查》那本書及世界銀行的報告與我觀察到的很不相同，我因而要多作考查。）

這些年來很多青年要求我分析中國的農民問題，提出些建議，希望改善農民的貧困生活。不久前人民文學出版社出版了陳桂棣與春桃合著的《中國農民調查》，洛陽紙貴，其中描述安徽農村的故事，很具震撼性。與此同時，溫家寶對農民的關懷，溢於言表，而最近又提出五年後取消農業稅。

我不懷疑，從國務院到小學生，他們對農民的熱情是真實的。事實上，神州大地沒有出現過像今天那樣濃厚的對農民的關注。手頭沒有足夠而又可靠的中國農業資料，自己的觀察很片面，不能作出有分量的

分析。幾天前太太的弟弟，一個四十六歲的飽學之士，給我電話，説他讀《中國農民調查》，哭了，要求我立刻為改進中國農民的生活下筆。可惜感人的故事對經濟分析是沒有多大幫助的。

不要告訴我中國農民的苦況——我可能比所有的人都清楚。二戰期間我在廣西的農村生活一年多，記得只吃過一碗飯，稀粥一兩個月才能品嘗一次，番薯是上品，十來天才吃一次，主要食品是木薯，有毒的，要在水中漂洗幾個星期才能吃，也吃不飽。骨瘦如柴，餘下的皮肉因為營養不足而腐爛，六十多年後的今天還見痕跡斑斑。

重要的是，當時的農民説，他們的苦況不是二戰使然——歷代相傳也如是。今天中國的人口比六十多年前上升了兩倍，而農民的生活有了很大的改進。還是困苦，但平均壽命不到四十的日子是過去了的。

拙作《佃農理論》對中國農業有深入的分析，曾經在芝加哥大學教過農業經濟，不是個門外漢，加上二戰時的經歷，可以冷靜地看問題。我要在這裡提出三項原則，漠視其中一項中國農民的生活不會有大作為。

原則一。農民人口一定要大幅下降，棄農轉工商。華中的張大哥培剛五十多年前就為這問題大聲疾呼，而去年謝世的芝大農業經濟大師 **D. Gale Johnson** 關心中國，為這個問題寫過好幾篇文章。想想吧，在

美國，一個以農為業的小康之家，需要擁有的一級農地大約是中國的三百畝。我不知道今天中國一戶農家的耕地是多少，還要交承包租金。可以肯定的是：如果不大量地棄農從工，中國的農民不可能有小康之樂，永遠不能。

另一個現象同樣有說服力。個人的隨意觀察，以年息五厘算，今天中國的工業用地的現值比農業用地的大約高二十倍，住宅用地則大約高六十倍——雖然工、住用地有轉用途的開發成本。這龐大的差距代表着龐大的浪費。人口不大量由農轉工，土地相對較少量轉用途，這差距是不會大幅收窄的。

據說今天中國的農民人口是九億，大約是總人口的六成九，比以前的八成五有改進。我認為六成九是高估的，因為很多農民今天半農半工。正確的數字我不知道。同樣，我不大相信很多地區的農民的人均全年收入不及人民幣四百——工業及其他外快應該沒有算進去。低收入卻是毋庸置疑的。要使農民一般達到小康之家，以全職農業算（**full-time equivalent**），其人口比率要下降至百分之二十五左右。

政府幫助任何人是干預市場，但為了幫助農民而干預一下不容易反對。問題是，你可以幫助農民而鼓勵他們留於農業，也可以幫助農民而鼓勵他們轉到工業去。前者錯，後者對。縱觀今天北京幫助農民的策略，是選錯了方向。正確的方向明確，但路要怎樣

走，我要多作細想才說。（我需要中國農地的頗為詳盡的產權與分配資料，希望讀者可以提供。）

原則二。一定要放棄農產品自供自給的保護主義。中國人多地少，加上大量棄農轉工的需要，農產品不可能自供自給而有大成。我多次說過，歷史上沒有任何供應，能比讓人家賺錢的供應來得可靠。要讓農產品自由進出口才可把農民的生活搞起來。稻糧今天有進口，是正着，但最近北京決定補貼鼓勵稻糧種植，是劣着。

大量放開農產品進口，市場的發展會轉向勞力密集的農產品那方面去。例如同樣農地面積，蔬菜種植所需的勞力大約是穀稻的八倍，而飼養行業與溫室培植所需的勞力，以土地面積算，也多。需要勞力密集的農產品，每畝的產值相應上升。開放農產品進出口，中國的農業會向這方面發展。以養牛為例，美國養一頭牛所需的土地面積大約是中國的三十畝。讓自由市場發展，中國肯定不會選這種養法。市場的發展，要不是牛隻進口，就是學日本神戶的飼養：種植名貴飼料，以人工替牛按摩，像服侍父親似的，炎黃子孫出不起錢購買，就賣到外地去。

是的，中國要放棄二百多年前歐洲的重農主義的糊塗思想，開放農產品進出口。需要勞力密集的農產品與工業皆有可為，可以出口交換地多人少的農產品，由市場處理。

原則三。中國農民的困難不單是地少人多，而更重要的是知識不足。沒有任何資產能比知識資產來得穩定可靠，而不像土地，只要願意付出代價，知識資產是取之無盡，用之不竭的！

要干預市場來幫助農民嗎？聽我說吧：大量向他們廉價供應知識教育。有多種通過媒體（例如電視）及其他廣及形式的教育方法可以選擇，而天天為中國農民哭哭罵罵的大學生，不能自食其言，臨陣退縮，要站出來做點義務工作了。我建議國內的大學採用美國的每年四學期制，學生選修三個學期，輪更地抽出一個學期到農村做教育工作。這經驗對大學生自己也是一種好投資。

兩年多前在成都幾家大學講話，聽到大約百分之三十的大學生是農村子弟，很高興。當時我說，這個數字使我對中國農民的前景看到一線曙光。萬事起頭難，今天農民求知的意欲明顯，政府要干預，不妨順水推舟，把補貼稻糧種植的錢轉往種植知識於農民的腦子中去。

我既欣賞也擔心溫總理的仁慈。國家負擔得起，讀過中國歷史的人都不會反對幫助農民。但幫助要講戰略，要論投資的社會回報。我認為上述的三項原則是要堅守的大方向。

與農婦一席談

二〇〇六年一月二十日

　　幾天前與一位農婦談了兩個小時。她來自河南省信陽市以東的羅山縣。地點我有興趣。一則那裡不是沿海較為富裕的地帶；二則那裡的農地廣大平坦，可以多用機械耕耘，更改了一些我在《中國的農業傳統》的說法。

　　她說這些年農民的收入上升得快，農工的工資最近一年上升了百分之二十。加速的生活改進不是我說的近四年，而是有六年了。主要是捨農從工或從商的急升。我要一個大約的比率估計，她想了良久，從自己親朋戚友中數手指，說一家四口的有兩個半轉到工商業去。老的幼的留在家，年輕力壯的跑廣東，跑蘇浙，跑北京，也有在農村鄰近的工廠工作，造木板居多。營商的多跑北京，做小販，或開大牌檔。離鄉別井跑工廠的不少，有些作駕駛員。作建築工人的稱民工，也多。種植與收成時節，回家協助的多是建築工人，跑廠的較少。家中老人照顧孩子外，負責兩個旺季之間的灌溉與施肥。以兼職化作全職，老幼不算，

如果這農婦的故鄉有代表性，中國的農民在勞動人口中跌得快，比我此前想像的快得多。

農工——指那些替他家種植或收成的——開始盛行。好比插秧，幾年前是我幫你，你幫我，今天是僱用農工了。理由簡單，轉業的人多，不能再靠鄰居幫忙，農工就迅速興起了。僱用農工，永遠是按畝，不按時間算工資。我拿着計算機，按她提供的資料翻為時間工資，不肯定的要她打長途電話回家查詢，是比較有趣的調查過程吧。

插秧是艱苦的工作，每畝五十元（一年前是四十元），從早到晚十個小時，一個人可以插一畝半。那是每天七十多元工資，是跑廠的三倍。但只有旺季才可以做，每年大約有兩個月。淡季要靠其他收入，也有自己農地的產出。收割也是五十元一畝，與用機械收割同價。收割機車不便宜。日產的一部三十萬，國產的十八萬，前者濕地可用，後者不成。每天可收割七十畝，那是三千五百元，但要出機車出油費，當然包維修保養。不知農村的利息率、機車折舊與保養等，算不出機車操作員的工資，但只值數千元的代替牛耕田的翻土車，大約計算，機車操作員的工資與人手略同，每天七八十元左右。工資比工廠高幾倍，也是旺季才有工作。婦人說，機械的採用只是這兩三年的事，採用得快。牛耕田今天只限於小農地，高低不平的。蔬菜還是全用人手。

轉業打工，最低月薪六百，一千不難求，她的家四個出外的三個逾一千。不久前我估計過，離鄉別井的收入大約高百分之三十，今天得到的不完善的資料顯示，這差距可能高估了一點。

溫家寶先生應該高興，年多前的農業免稅或大減稅，對農民的生活改進比我想像的為大。今年起農業法定廢稅，農民一般高興，網上及香港傳媒的言論不可信。

廢除農業稅的本身會鼓勵農民留於農業，但我在《南窗集》指出，如果農地可以自由出租，會反過來，鼓勵農民離開農業。果如所料，一些報道說，去年起有某種合作社的出現。那是農民把農地合併，以股份處理，把擴大了的農地租給「資本家」，所獲租金按股分帳。這就是了，當我在《南窗集》指出出租農地會鼓勵轉業時，我懷疑農地合併的有利使用會是個頭痛問題。想不到中國的農民比我聰明。合作社者，公司也。看來這種以公司形式合併農地的方法會盛行，因為農地合併使用會提升租值。看來中國真的要來一個我說的農業革命了。

佃農專家倒楣記

二〇〇八年四月三日

少小時在廣西的農村生活過，對田園與農作有感情。戰前戰後在香港長大，母親把房子建在西灣河的山頭，鄰居零落三五家，高低不平的山地還是一小幅一小幅地種着蔬菜、花生之類。後來難民湧至，山頭給木屋佔了，田園一去不返。再跟着是高樓大廈出現，詩人田漢頌讚過的「筲箕灣的月色」與「鯉魚門的歸帆」再也看不到了。對我這一輩的人來説，高樓大廈是可怕的世界。

留學美國，課餘之暇喜歡到園林靜坐，有時拿着照相機去，腦子胡亂地想着些什麼，有時一片空白。然而，就是在這樣的沒有刻意地想什麼的狀態中，往往靈光一閃，此前沒有想過的新思想跑出來。後來到西雅圖工作，主要是為了愛海，也愛田園，而這些西雅圖一帶多的是。購買了海旁別墅，跟着是這裡那裡作點小投資，要不是耕地蠔灘就是樹林果園之類。我可以在一個四顧無人的環境中，足不出戶好幾天。美國的田園景色是好的，非常好，只是缺少了中國農村

241

那種蒼煙落照，不讓我們看到一個李白，或一個蘇東坡，或一個李清照。沒有中國的田園，不會有中國的詩人。

幾年前尋尋覓覓，在國內的農村找些休閑之境，希望每年能過幾天古詩人的生活，讓自己的遐思回到少小時的感受去。價格相宜，但有可取環境的卻不易找。後來得到朋友的協助，找到兩處。在大江以北承包了些魚塘，萬畝荷花之中竟然有一塊小小的乾地，只此一塊，也承包下來，希望築小居，讓愛好攝影的朋友在夏天有個去處。大江以南呢？找到一個果園，不大不小，在小丘上，也承包下來了。

談談這個不大不小的果園吧。種着的主要是荔枝、龍眼、黃皮之類，品種上乘。舊園主聘請了一對夫婦農工，好的，刻苦耐勞，也懂得植果之術，我當然一起「承包」了。一年只有機會到那裡三幾次，一位當地的朋友替我監管該夫婦的操作。本來相安無事，但不久前監管的朋友把該夫婦炒掉，換了另一對。徵求過我的意見。朋友要「炒」的理由，是該夫婦頻頻偷偷地到外間工作，每人每天可獲百元，荒廢了果園的打理，百勸不聽，於是非炒不可。

歷來做得好的農工，要炒我當然有保留，但想不到解救之法。我提供的待遇應該不錯。夫婦二人的月薪提升至一千七百，電費電話由我出錢，鑽了個科學井，食水是好的，而有什麼病痛我會出手。更重要是

替他們建造了一間約八百平方呎的房子，內裡有臥室，有客廳，有廚房，有浴室，也有儲物室。當然不是星級酒店，但作為農居是好的。聽到他們要電視，我把家中客房的交出去。聽到他們要空調，我的回應，是該房子的樓底刻意地建得高，也刻意地斜頂用瓦，不可能太熱，給他們風扇算了。

該對夫婦沒有要求加薪，而我也沒有提出加薪挽留。關鍵問題是我的朋友只能久不久到果園一次，無從查察農工外出打散工的行為。這幾年中國農民的收入急升，一百元一天大有吸引力，我們這邊加薪，總不能保證農工不違約地出外工作。我們於是只能希望某些農工的個性有別，言而有信，轉換一下或會有幸運的效果。

讀者要知道，果樹的培植還有另一個關鍵。那是殺蟲、施肥、剪裁等，時間要來得相當準。尤其是花開時節必需的殺蟲，可取的時間只有三幾天。一次錯失會失收。一季失治，補救不易；一年不管，整個果園可能廢了。殺蟲每年要殺好幾次，施肥與剪裁的時間也要準，與其他果園或農植的繁忙時間往往衝突，在重要時刻農工外出賺外快果園就完蛋了。

作為一個懂農業而又曾經嘗試過其他生意的經濟學者，我當然預料到會有上述的麻煩，所以承包該果園時，我給那對夫婦的口頭承諾是佃農分成合約。我說明每年的水果收成的收入，減除費用餘下來的會與

他們瓜分。說得清楚，承包果園是為了消閑，減除費用後的收入，要怎樣分我無所謂。他們當時是高興的。然而，我這個數世紀一見的佃農專家（一笑）也真倒楣，竟然沒有想到水果之價到今天還不值錢，與正在急升的農民工資是各走各路的！

你說奇不奇？我早就料到農產品之價會急升，但可料不到在這幾年農產品價格急升的情況下，水果之價竟然下降了！只有水果一項其價是下降了的，或然率跟買中彩票差不多吧。天下可以跌價的產品那麼多，為什麼偏偏選中水果呢？你說倒楣不倒楣？一斤上佳的荔枝批發三元，扣除工資及其他費用是負值，何況這幾年風雨不順，失收，水果之價不升反跌。

沒有作過深入的調查，但為水果之價一枝獨「瘦」這個怪現象我想過。得到的不能肯定的解釋，有兩方面。其一是這些年果樹很多種到山上去，山坡無數，地租近於零，而滿布山頭的果樹，這幾年長大了，產出進入高峰期。讀者不妨細看南中國的山頭，果樹無數，以荔枝為主，再細心看，你會發覺好些果樹，其上荒藤滿布，其下野草叢生，擺明是被放棄了的。另一方面，海南島的農業發展大有看頭，尤其是果樹的培植，溫高早熟，輪到我這邊消費者都吃厭了。

同樣是水果，需要平地培植的、蘇浙一帶的水蜜桃，精品每個批發達八元之高。水蜜桃的培植比荔枝龍眼等更麻煩，治蟲要出盡八寶。看來水蜜桃之價還

要上升，因為其用地極宜建造樓房，轉用途地價上升動不動數十倍。近城市的農民發達無數，與發展商對立的釘子戶今天到處皆是。

不容易明白為什麼剝削農民的神話可以持續那麼久。昔日的中國我沒有機會實地考查過，但今天要剝削農民嗎？你去試試看。為了消閑，也為了跟進農民的生活，作了點小投資。以養魚為例，我怎樣算，費用之外自己所得的要不是負值就是零。魚價上升了，但費用的上升更多。五年前蘇浙一帶的農工月薪三百，今天九百不容易找到，較為壯健的千元以上。

只有兩個機會可以在中國的農地投資賺到錢。其一是若干年前廉價承包了農地，今天地租上升了，轉包出去可賺點錢，但自己主持操作多半要虧蝕。其二是拿得很大的農地，千畝以上的，作有系統的研究、選擇品種、引進科技、新法管理等。贏面不高，但機會存在。

最高明是選走我的路了。花小投資作消閑，每年過幾天陶淵明的生活，體會一下「農人告余以春及，將有事於西疇」。這樣，投資其實是消費了。既然是消費，農工不聽話大可一笑置之。告訴你吧：這種消費今天在國內還算相宜。上升了不少，但還算相宜。以消費者盈餘算，我是賺了的，可惜到今天還沒有機會把這盈餘享受一下。

從造園林看中國農民的產出成本
——再評新勞動法

二〇〇九年四月二十一日

我喜歡親自建造園林。沒有真的學過，但研究過，建造過，曾經在美國獲得一個園林大獎。由我出錢，由我設計，由我指揮，從早到晚工作一個月，造成後讓承包工程的仁兄拿去比賽，獲大獎後此君生意滔滔。

説自己沒有學過可能不對。參閱過蘇州與日本京都的園林書籍，認為日本的較合心意。到京都幾個園林靜坐幾天，心領神會，再找一些建造園林的技術書籍參考一番就是了。自己的本領，是攝影時構圖看得快，看得準，用之於園林，石頭、草木、小丘、水池等的擺布，建造時意之所之地發揮可也。技術的要點是不同物體的動工及安置要有先後次序。根底是日式，中國品味是加進柳樹——日本的園林不用柳——是「楊柳岸，曉風殘月」的影響吧。讀者不要給我誤導：植柳是名樹中的最差投資。

喜歡親自造園林，因為作為一門藝術，那是最容易發洩情感的玩意：創作時作者身在園中，整件作品包圍着作者。我不先作任何圖樣設計，建造時在場中指揮，晚上細想這裡那裡怎麼辦，日間見到不滿意的這裡那裡修改一下。

親近的朋友知道，在學術思想時我是個集中力很強的人，可以持久地集中多天，外人説什麼往往聽不到。當太太及孩子們見到一下子我魂遊四方，知道發生着什麼事，也知道怎樣吵鬧我是聽而不聞的，於是不管。奇怪，集中思想時我喜歡孩子們在旁邊搞得天翻地覆。這樣的一個人，久不久要找藝術的表達來鬆弛一下，造園林是個好去處。

造園林的機會在美國的西雅圖多得很，在香港的機會是零，而今天在神州大地的機會，比美國還要好。是的，中國沒有美國那種發神經的環保法例，僱用農工一律相宜，而中國農工對種植的知識，冠絕天下。今天老了，不能整天站在園地指揮。只是久不久去看一次，作些建議或改動，成果遠不及自己能長駐場地那麼好。然而，有機會我還是喜歡染指一下園林的。

這裡還有一個不能漠視的話題。造園林是一項可以穩定地賺點錢的投資。困難是要找到一間有足夠空地及宜於造園林的房子。找到了，自己的勞力不論，一元投資房子可升值三至五元。還有，園林這回事，

保養得宜會按年升值。這與室內裝修年年折舊有很大的差別。

　　最近要在一個園林種植約四十株桂花樹。這種樹常綠，清潔，花香，而每年的增值可觀也。我選較大的，樹幹直徑八至十公分。售價包運、包種、包活一年。要天晴起碼三天才移植，要懂得怎樣挖掘，要懂得怎樣用草繩把樹根連泥土扎成球形，而某些樹要懂得怎樣切枝。準備工作做好後，搬運移植桂花樹那天，六個農民，四女二男，從清早七時工作到晚上七時也植不完。當我知道該天他們每人的工資只約四十元，不是天天有工作，心酸起來，每人補給五十。異日繼續，只半天就植完了。當時我不在場，電話堅持要等我趕去看看才放農民走，其實是趕去每人再補給五十。我不要把錢給他們的老闆轉交，要親自交到農民手上。

　　上述的平凡現象有兩個不平凡的經濟含意。首先是這樣的園林移植，連樹帶工，美國要多少錢一株呢？答案的第一步是美國的園藝專家不懂。五年以上的樹他們不敢移植。我移植的桂花樹逾十年。中國的農民可以移植逾五十年的老樹，一律是包活的。

　　讓我假設技術上美國也沒有困難，那麼同樣的一株樹，包運包種包活的，在美國需要多少錢呢？我的大約估計是美元六千一株，比中國約高五十倍。這是較為誇張的例子，但數字的估計大致上對。六千美元

一株，選植兩株也是過於奢侈了，做夢也不會想到四十株那邊去。

現在的問題，是從植樹那方面看，中國的勞動力與美國的沒有多大差別，樹的欣賞價值也差不多，但從國民收入那方面衡量，我選的誇張例子是中國只有美國的五十分之一。國民收入是不算消費者盈餘的——應該算，但無從算——對欣賞者來說，這盈餘比在美國高得多了。這些大差距的解釋，是植樹這個行業不能賣到美國去，而中國的貧苦農民實在多。我遇到的那六位植樹農民上了年紀，識字不多，而他們的植樹知識雖然了不起，沒有其他值錢的用途。享受着他們的產出是我這種人，市場說廉價，我就付廉價，除了趕到場地多給他們一點錢，我還可以做什麼呢？說過了，按照經濟原則幫助農民，我們要鼓勵農民轉到工業去，然後讓市場壓力使農產品之價提升。這是唯一的最有經濟效率的法門，其他的一概不妥。

這就帶來第二個更為重要的問題。上述的六位農民是打散工的，既沒有白紙黑字的合約，也不遵守最低工資的規限，而新勞動合同法的所有條例顯然是一律違反了。我們應該為這些農民而堅持新勞動法的執行嗎？

我的大略估計，如果新勞動法被堅持引進，桂花樹的培養與移植的成本上升，會使市價高出一倍。有些還能繼續移植工作的勞動農民的收入會提升，但因

為顧客見樹價上升了，會減少購買量，植樹的勞動需求量會相應下降。樹園的老闆會因為新勞動法的執行而選聘那些生產力較高的勞工，生產力較弱的要不是失業，就是被迫轉向收入較低的、勞動法管不着的小販工作，或行乞，或盜竊。鄧小平先生昔日站起來搞經濟改革，在第十一屆三中全會中不是説得擲地有聲，説得清楚，要給每一個人自力更生的機會嗎？

如此類推，轉到工業那方面看，我不否認，新勞動合同法會促使還沒有倒閉的廠家多置較為先進的機械，也會多向較為優質的產品打主意。淘汰了接單工業，餘下來還可以繼續操作的會好看一點。中國的改革是為了好看嗎？還是為了改善勞苦大眾的生計？是誰想出來的經濟謬論，支持着科技的改進由法例逼出來會有好效果的？高舉騰籠換鳥的汪洋先生最近説大家要耐心等一下，要忍一下，忍得雲開見太陽。看來汪先生是忘記了中國的窮人是沒有煉過仙術的（一笑）。

我沒有反對過幫助那些因為某些不幸而不能工作的人，但像中國那樣人口多資源少的國家，大搞福利經濟愚不可及——也沒有資格。新勞動法的執行有一個肯定的效果，那就是生產力最低的人受到損害。這是淺的經濟學。較深的經濟學説，像中國那樣的國家，只要最低下的人能有自力更生的機會，層面高一級的眾君子的生活用不着我們操心。

　　回頭說我遇到的那六位上了年紀的植樹農工，他們的前途怎樣了？很不幸，就算新勞動法不存在，我看不到他們的生活會在他們有生之日大幅地提升。衣服破舊，鞋子看不出是什麼，到死那天還會差不多吧。我想，他們工作得那麼起勁，應該是為了他們的後代。這裡那裡多賺幾塊錢，寄回鄉下孫子們或可購買一件新衣。他們是希望見到子孫有成而活下去，不是希望自己會富裕起來。這些人偉大，國家是因為他們吃得苦而建設起來了。

　　寫到這裡，脾氣頓發，要問：上蒼究竟授予了什麼人那麼大的權力，可以連最苦的人的一絲希望也不放過？

燕子風水說

二〇〇九年六月二日

　　很不願意寫這篇文章，因為有替與自己有關的生意賣廣告之嫌。但我有一個神奇的故事要說，有機會傳為佳話的。避嫌無法，除非不說。前思後想，還是說說吧。

　　話說深圳某商場有間海鮮酒家，稱燕來居，名字與我有關，而設計的品味也由我作主。我這個年紀對生意沒有興趣，但還是要像年輕時那樣，好玩的總想玩一下。深圳的燕來居以中國的文化為主題，提供的是我從小愛吃的廣東菜。風水不靈，該高雅的商場八成滿後，不知怎的差不多所有租客都跑掉，什麼廣告云云，不說算了。

　　故事要從「燕來居」這個名字說起。兩年前我想到這個名字，不打算採用，但後來一位朋友竟然推薦同一名字，那麼巧，就決定採用了。說跟我有關，因為我母親的名字是蘇燕琦，父親的名字是張文來，前「燕」後「來」，取名燕來居有點意思。英文名字稱什麼呢？靈機一觸，我想到 **Capistrano**，是再適當不過

253

的「翻譯」了。在燕來居酒家的菜牌上我寫下了這樣的解釋：

「美國加州南部有一個小鎮，名 Capistrano，很小的，鎮內有一間教堂，很舊的。百多年前發現，每年三月十九日燕子一定飛到該教堂，勾留幾個月，又再飛去了。這個三月十九燕子歸來的習慣據說起碼有幾百年，而多年以來，每當該教堂見到第一隻燕子回歸，就敲響鐘聲，而鐘聲一響，整個小鎮就大事慶祝好幾天，遊客雲集。很多年前，有人寫了一首題為 *When the Swallows Come Back to Capistrano* 的歌，今天不少人還在唱。

「那些燕子來自阿根廷，每年從二月十八起飛，飛三十天，在二千英尺以上的高空飛七千五百英里。這個大自然的現象沒有誰可以解釋，可見造物者遠超世俗。

「宋人晏同叔的《浣溪沙》詞是這樣說的：一曲新詞酒一杯，去年天氣舊亭臺。夕陽西下幾時回？無可奈何花落去，似曾相識燕歸來。小園香徑獨徘徊。」

話分兩頭。江蘇有一處叫金湖的地方，其中有一處叫荷花蕩，有荷塘萬畝，據說是地球荷花最多的地方。六年前我到過，見而喜之，五年前再去，攝影兩個早上，出版了《荷鄉掠影》那本攝影集。我熱愛田園，在荷花蕩承包了一些魚塘，一些荷塘，後來又在那裡購得一小塊絕無僅有的陸地，希望在那裡築小房

子，偶爾過一下陶淵明的生活。

頭痛的問題來了。朋友希望我能安排一點小投資，帶動一下荷花蕩的可能發展的旅遊業。大家想到建造一間只幾個房間的小賓館，成本看來不高。看錯了。我這個人不能接受不舒適的居所，於是成本直線上升。讀者要知道，荷花蕩這個地方雖然風景幽美，但每年除了荷花盛放的季節，四顧無人，一些散落的農家是不食人間煙火的。幾個月前我對那裡的朋友說：平生為了好玩屢作要虧蝕的小投資，但荷花蕩的小賓館的投資不算小，加上要僱用人手，虧蝕可以肯定，而每年我只能抽空到那裡三幾天，玩意是玩得太貴了。

這一次，風水有靈，荷花蕩的投資一下子變為有機會賺點錢！我賭讀者怎樣也猜不中。分點教你怎樣賺錢吧。

一、六年前承包魚塘之際，魚的批發價約二元五角一斤，請人飼養一定虧蝕。今天批發每斤八元，算盤打得過。

二、不知是誰幾年前的發明，在荷塘飼養大閘蟹可與植藕共存，互不干擾，於是把小蟹苗放進荷塘去。

三、金湖一帶盛產小龍蝦，產量冠於天下。這種小龍蝦肉少，我不認為好吃。但說不得笑，這是大名鼎鼎的 crayfish，在美國被視為珍貴食品，六年前金

湖的小龍蝦批發一至兩元一斤，今天市場需求龐大，是十元以上了。

奇蹟開始出現。我們把小龍蝦的苗放進一個荷塘飼養，也是聰明的農民的發明。效果好得離奇，養大的小龍蝦呈碧綠色，是頂級精品，商人搶購，出價每斤二十元。不少農民也在荷塘養小龍蝦，但我們的產量特別多，也特別精，農民皆嘖嘖稱奇。不知發生了什麼事。依照農民的方法，是五月小龍蝦收成後，落藥物殺掉餘下的，培植蓮藕，到九月蓮藕收成後，再飼養龍蝦。我見該塘是龍蝦神塘，為恐殺掉龍蝦的藥物會影響該塘的生態環境，立刻禁止。算盤說，要龍蝦不要蓮藕。

四、最神奇的故事你道是什麼？你不可能猜中。正在裝修的荷花蕩的小賓館，兩個月前有燕子飛來築巢，而且愈來愈多，多到妨礙着裝修工程。想到 Capistrano 的世界知名的典故，我立刻禁止損害任何燕子，燕巢一個不許動——燕子的光臨有季節性，不久後會離開。牠們選擇棲身的建築物有偏愛，只有上帝才知道牠們怎樣選，很可能明年會再來，有可能像 Capistrano 的教堂那樣，今後數百年每年會準時回歸。難道 Capistrano 的舉世知名的燕子奇蹟會在神州大地的荷花蕩重演嗎？機會恐怕不大，可能性存在。

荷花蕩那間賓館原本定名「聽荷居」，我們立刻改為「燕來居」。與深圳的酒家同名，但風水有別也。老

人家的生意眼立刻發亮。如果燕子回歸兩三年，我會在賓館頂上建一小鐘亭，不用西方教堂的鐘，用中國的古式寺鐘，張繼寫「夜半鐘聲到客船」那種，每年見第一隻燕子回歸就敲響鐘聲，然後大排筵席，讓鄰近的農民免費地吃個飽。此法一行，傳了開去，遊客生意滔滔可以斷言吧。我會說服有關人士，如果因為燕子賞面年年回歸，使荷花蕩的燕來居賺到錢，要全部捐出去給鄰近農家的孩子們，為教育用途也。燕子協助教育孩子，不是很有意思嗎？

寫到這裡，我想到某些事，某些情，也想到燕子，不由得想到蘇子的《蝶戀花》。詞好，是天才之筆：

「花褪殘紅青杏小，燕子飛時，綠水人家繞。枝上柳綿吹又少；天涯何處無芳草。

「牆裡鞦韆牆外道，牆外行人，牆裡佳人笑。笑漸不聞聲漸悄；多情卻被無情惱。」

八、土地的使用（兩篇）

不救工業，樓市何救哉？

二○○八年十一月四日

（五常按：此文發表後幾個月，中國的樓價開始大幅回升，因為一、新《勞動合同法》大手地放寬了，使廠房的租金收復一半的失地；二、央行大幅把利率下調；三、國際金融危機導致不少外資跑到中國來找避難所。）

在國內的飛機上見乘客手持報章的大字標題：「政府救市兇猛，樓市堅冰難融。」沒有借來一讀，但心想，那不是發了神經嗎？

曾幾何時，是年多前吧，讀報，某官員說一定要把國內的樓市打死。當時正在打，亂打一通。樓市也真頑固：這裡那裡交易要加稅，誰可買誰不可買有規限，利率加了多次，借錢諸多留難，百分之七十的住宅單位要建在九十平方以下，廉租房要拜香港的難民時期為師⋯⋯打了大半年，終於把樓市打死了。應該大事慶祝一番才對，怎會叫起救命來了？

也是幾天前，國內某報的標題說北京要鼓勵勞力密集的工業，增加就業機會云云。我想：曾幾何時，

261

不是説要搞經濟轉型嗎？不是説要淘汰勞力密集的夕陽工業而走向高科技的發展嗎？怎麼一下子又變了卦？

　　老人家快要氣死了，説説笑，發一下牢騷，或可延年益壽。轉談真理吧。一個像中國那麼人多，人均農地極少而天然資源又乏善足陳的國家，大事發展工業是唯一的可靠出路。在這必需的龐大農轉工的過程中，工人住得差、吃不飽、苦不堪言。這些現象無可避免。但像中國那樣的國家要發展起來，有多個窮國參與競爭，別無善策。整國的高樓大廈、公路、大橋等都是令人哭得出來的勞工血汗建造起來的。有幸有不幸，機會存在，好些勞工成功地打上去，生活改進了。新勞動合同法意圖協助勞工，但除了很少的一部分，尤其是那一小撮要搞事圖利的人，基本上此法是害了窮人自力更生的機會。不容易找到一個比我更關心勞苦大眾的——抗戰期間我比他們還要苦，苦很多。然而，研究法例的效果是我的專業，學術的尊嚴不容許我説假話。每次依理直説都給網上客罵個半死，但歷史的經驗説，熱情是換不到飯吃的。

　　我和太太不是什麼慈善家，但認為吃少一點無所謂，見到需要幫助的人，沒有手軟過。可惜畢竟是小人物，愛莫能助之感天天有。我的主要本錢是經濟分析得準，地球史實知得多，動筆寫點文章，解釋與推斷因果，是我可以幫助勞苦大眾的最佳方法吧。我認為演變到今天，新勞動法的主要困難再不是初時的第

十四條，而是勞資雙方的關係正在急劇惡化。合約的條件不能讓雙方自由議訂，不鬥個你死我活才奇怪。令人睡不着覺的故事，罄竹難書，篇幅所限，這裡從略了。

先說一個大麻煩。因為人民幣的處理不當與新勞動法的引進，國內無數工廠關門主要是在地球金融風暴之前出現的。停產、減產、沒有註冊而失蹤的無數，公布的八萬多工廠倒閉是低估了。更遠為低估的是百分之四的失業率。某些地方，某些情況，失業率是難以估計的。

我要趕着說的大麻煩，是為寫這篇文章再找做廠的查詢而獲得的。很不幸，非常不幸，地球的金融風暴對中國工業帶來的不良效果，比我此前估計的嚴重！是趕工的季節，但自十月初起形勢惡化，門前冷落車馬稀，我因此推斷：如果北京不迅速大手處理，在未來的農曆新年之前——近農曆除夕之際——神州大地會再出現工廠倒閉潮，使工業區的已經出現問題的治安急轉直下。不能排除騷亂會發生。

屋漏更兼連夜雨，地球風暴真麻煩。立刻取消新勞動法，取消最低工資，肯定會幫助，雖然可以幫多少很難說。另一方面，在這個時候撤銷這些法例，不明事理但還有工作的工人可能吵起來。如果北京不當機立斷，起碼用一些婉轉的手法軟化這些法例為零，使做廠的見到一線生機，三個月後的新春很頭痛。多

一事不如少一事，乾脆地取消新勞動法會減少麻煩。這裡要說明，我急着查詢的只是工業的重災區，其他沒有時間顧及。

轉說樓市，像中國那樣的國家，經濟發展主要靠工業支持。目前，樓價跌得最少的是上海，而上海的優質樓價下跌甚微。這些現象是因為上海主要是一個商業城市，還有國際的商業人士支持着。一般而言，工業遇難，中國的樓價不會出現奇蹟。想想吧：無論工人回鄉耕種（據說不少）或失業，他們空出的床位，是樓市少了支持，而老闆失蹤是更大的支持損失了。工廠倒閉，廠房空了，廠租急跌，對住宅樓市也有負面影響。這是因為住宅用地的供應早晚增加的預期，會受廠房空置的影響。更明顯是工業的收入減少對樓價有負面作用。不明顯的，但不可能錯，是樓市兩年前的急升，炒作之外，一個主要原因是工業發展的形勢好，鼓勵了市場對樓房需求不斷上升的預期，而這預期今天是改變了。

不久前建議北京取消樓房買賣的所有稅項。目前只減了一小點，怕什麼呢？不久前也建議北京大手減息，一手減兩至三厘吧。目前減了三四次，每次減幅小，怕什麼呢？十次減息，加起來減兩厘半，比不上一次過減兩厘半那麼有效。這些可以舒緩樓市的劣勢，要有奇蹟，工業一定要轉頭回升。

不久前說六個月後中國可能出現通縮，這推斷今

天不變。最近的觀察，認為北京剛公布的百分之四點六通脹率是比實際偏高了。要強調的，是在目前的國際災難形勢下，通脹率回頭上升一點不是壞事。賭他一手吧：央行要設法把通脹率推到百分之五至七之間。試行推高此率，在今天的形勢下，央行會發現不是那麼容易。

我說過，經過數十年的觀察與思考，我不同意佛利民支持的無錨貨幣制，不同意以貨幣政策或調整利率來調控經濟。然而，目前中國的央行還沒有建立好一個不需要管這些政策的貨幣制度。形勢不利，通縮出現肯定是煩上加煩，所以逼着要再用佛老之見。他認為通脹率達百分之五是可以接受的上限，但形勢不對頭，很不對頭，多加一兩個百分點是比較上算的。不容易，因為通縮之勢已成。濫發鈔票可使通脹大升，這不對，但要增加通脹率兩個百分點——過了關容易調整的——在目前的形勢下很不容易。經濟不景有不同的性質，不是所有不景通脹都可以協助，我認為這次是可以幫一點的。

美國最近公布的第三季消費下降數字很不妥，因為雷曼兄弟事發後只佔這第三季十多天。期望地球風暴會很快地平息是不切實際的看法。北京不要學香港的官員那樣，大叫大嚷地嚇死人，但反應要快，要果斷，看準了治方要下重藥。中國的困難比美國及歐洲的小很多，法例的修改遠為容易，走位還有很大的空間。這是說，如果北京知道怎樣處理，做得快，做到

足，還是出現我擔心的負增長的話，地球的大蕭條會比上世紀三十年代嚴重。

豬價與樓價：評中國的土地政策

二○○九年九月八日

　　中國看來在國際上有點舉足輕重。不久前北京說要微調一下，股市應聲下跌，八月二十六日美國《華爾街日報》評云：泡沫的新跡象正在中國出現！沒有那麼嚴重吧。曾幾何時，中國民不聊生《華爾街日報》不認為是新聞，但今天中國的股市下跌數百點他們卻認為是地震。

　　為什麼北京要在這個時刻提出「微調」不容易猜測。一個看法是中國的貨幣量增長得快，有效應，為恐通脹復甦他們未雨綢繆。個人以為，國際金融危機的陰影未散，央行的朋友不妨多等一下。我也認為他們把微調的意向說出來是錯的。不久前美國的聯儲主席伯南克發表《退出戰略》，錯得更大。金融危機的陰影猶在，市場很敏感，他說有收縮之計市場不會向好的那方走。此君的職位不值得羨慕。大熱獲續任後，有分量的劣評立刻出現。我讚過他在雷曼兄弟出事後的果斷，但賭他在下屆任期內會被罵得厲害。經濟奇蹟不容易在美國出現，英雄難做，有什麼風吹草動評

論會入他的帳。

北京説要微調，也可能因為見到兩個價格上升。一是豬價，二是樓價。先談豬價吧。

這幾年做豬也艱難。是奇特的動物。兩年前豬價大升，跟着下降，但最近又升，升得相當急。還是那個老故事：養豬的飼料昂貴。問題是，飼料不是豬才吃的，為什麼其他家畜沒有類同的市價急升呢？我胡亂猜測，得到一個近於怪論的答案，有點新意，説出來給讀者們吵一下吧。

不久前得到一項資料。在塘中養魚，一斤八兩的正規飼料可獲養魚增重一斤。養豬，一斤八兩的飼料所獲可能遠不及一斤。魚在塘中還有其他食料。牛、羊等有草原飼養；鴨、鵝、走地雞等，飼料之外還可各自覓食。豬呢？蠢到死，單靠飼料來增加體重。究竟今天的豬吃什麼的料我沒有研究。記得七十年前母親養豬，用的飼料是番薯苗，不值錢的。此法失傳，多半因為昔日是饑荒時代，種番薯的農地無數，而今天炎黃子孫有飯吃，少種番薯，受害的是豬。

轉談樓價。這幾個月中國的樓價上升了不少，也升得急。主要是商業地區。工業區的樓價還不怎麼樣。兩個原因。其一是利率下降了不少，而樓價歷來對利率的變動很敏感。其二，在國際金融危機下，外地的投資者要找避難所，跑到他們認為是比較安全的神州看看，見到大城市的樓價比國際大都市的還算偏

低，就下注了。可喜的是，在這次國際金融危機的陰影下，中國放寬銀根就容易地見到樓市大升。這可見神州還沒有大中毒資產之計，也可見中國的經濟發展是有了很不錯的基礎了。

樓價的經濟分析是深學問。篇幅所限，這裡只能分點略說。

一、樓價上升主要因為地價上升。人口密度、經濟情況、土地供應等因素皆老生常談，而遠為複雜的是政府的土地政策會有決定性的影響。

二、一個國家的經濟發展起來，人民的財富增加總要找些投資項目放進去。一般而言，土地或樓宇是最可靠的財富累積的選擇。房地產本身有用途，有租值或使用的收入，遠沒有股市那樣難於調查，難以明白，受騙的機會大減。有誰不知道房子是可以住的？

三、經濟發展起來，人民的收入增加，財富是收入以利率折現，也跟着增加。人民把財富放進房地產去是自然的選擇。原則上，樓價的上升等於租值上升的折現，而租值上升是反映着生產力的上升，價格理論中的邊際產出理論分析可以推得邏輯井然。然而，在本文的第十點可見，政府操控利率可以嚴重地擾亂這個重要的經濟規律。另一方面，政府的土地政策、貨幣政策及其他政策，可使房地產之價急升或暴跌，無端端地發達或破產的人無數。我們喜見因為經濟上升而樓價上升，但政府的政策處理失當可以是悲劇。

九十年代後期中國的樓價暴跌，破產者無數。但我解釋過，那是朱鎔基要杜絕權力借貸的宏觀調控的效果，大家要接受。然而，跟着的樓價還繼續大幅波動，除了國際的不良影響，北京難辭其咎。

　　四、香港選走高地價路線，有他們的原因，是玩火遊戲，這裡不評。中國大陸的局限條件與香港的是兩回事，不應該搞高地價政策。問題是，中國整體的經濟發展，人口怎樣分布有關鍵性。如果珠三角及長三角的樓價夠低，人口會密集在這兩個區域，對國家的經濟整體可有大害。原則上，這兩區還可以大量地增加樓房的土地供應，或提高容積率，壓低樓價。這兩區的人口密度是應該比較高的，樓價也應該比較高，但從整個國家的利益看，這兩區的樓價應該高多少，我想了很久也沒有簡單的答案。複雜的答案我是有的，但歷來不喜歡複雜，而簡單答案的我還沒有找到。不管怎樣算，不同地區的房地產之價的或高或低是重要而又可靠的處理人口分布的法門，可惜這問題不能單由市場處理。政府的策劃是需要的。市場不是萬能的，有些事，有些情，市場無價——這是科斯和我的公司理論中的一個要點。

　　五、原則上，樓價上升是好事。這反映着經濟的財富或租值上升，人民的生活有了改進。除了處理人口分布，這原則不容許土地政策刻意地推高樓價，也否決政府壓制樓價的上升。同樣，政府抽物業的資產增值稅有壓制樓價的效果，屬不智。這種稅香港從來

沒有，美國有，知道是劣着，改不過來。奇怪目前的美國還不撤銷此稅。那裡的樓市跌了那麼多，撤銷此稅不會大減稅收，但會讓他們目前極為需要的樓市上升見到一點光明。

六、中國可以在撤銷資產增值稅的前提下，考慮每年抽百分之零點五的物業稅，抽樓不抽地，以政府估計的物業所值為依歸，為了避免爭吵要以估價打個八折。這類稅收政府要說明用途，也要與其他稅項分開處理。最適當的用途是城市的治安與清潔。其他稅收應該因而遞減。我曾經建議抽樓宇空置稅。此稅會壓低樓價及租金，但鼓勵使用沒有違反經濟發展的原則。另一方面，何謂空置不容易界定，實施起來可能很麻煩。

七、樓價上升，窮人怎麼辦？歷史的經驗，是樓房的出租市場會解決這問題。我反對政府提供廉租房，理由解釋過了。如果政府一定要出手助窮人，出售近於免了地價的居屋是較佳的選擇。也頭痛，因為貪污的行為難免，而這類房子的建造一般偷工減料，天雨屋漏，而短樁等故事會傳遍天下。說到底，協助窮人的最佳法門還是盡量提供他們自力更生的機會。外地的經驗說，私營或民營的慈善機構有成功的協助窮人居住的例子。另一方面，廉價樓房，不管是誰提供的，可以擾亂國家應有的人口分布。

八、沒有好理由禁止或約束外籍人士在中國購買

房子。中國人是賺了他們的錢，賺了他們帶來的知識，而炒買炒賣對賭，一般而言老外鬥不過炎黃子孫，所謂猛虎不及地頭蟲是也。日本仔當年不是在美國的房地產損手頻頻嗎？

九、還有一個重要但難度極高的土地政策問題。經濟原則說，條件相若的土地，不同用途的回報率應該相等，也即是說地價應該相等。這是指以發展或改進之前的地價算。不同用途土地的發展成本可以有很大的差距，我們要從還沒有發展的土地衡量。這個重要的衡量有一個大麻煩，因為土地使用的界外效應（國內稱內生外部性）可以有不能漠視的社會成本的分離，在實際運作上大名鼎鼎的科斯定律往往因為交易費用過高而得不到市場運作的指引。

八十年代到九十年代中期，中國的條件相若的土地，不同用途的回報差距很大：用作工、商業的回報率遠高於農業的。可幸的是，到了九十年代後期，縣際競爭制度的普及發展，帶來了驚人的改進，是中國經濟奇蹟出現的一個主要原因。縣幹部很懂得衡量界外效應，雖然不容易算得準。整個問題我在《中國的經濟制度》那小書中有頗為詳盡的分析。在土地使用這個話題上，兩年多前北京上頭增加了對縣的約束，不對，但最近有轉機。我打算再作一次調查。

十、今天看，最頭痛是央行拜美國的聯儲局為師，不斷地把利率轆上轆落。見人家闖了大禍，我們

為何還不痛改前非？利率是應該由市場決定的。央行或政府不要管。只有讓市場決定利率，土地使用及其他投資的回報率才有機會持久地大致上與利息率相等。這是重要的經濟原則。近幾年央行處理與操控利率做得不對。在無錨的貨幣制度下，原則上央行可以單控幣量。不調控利率是佛利民多年的主張，而聯儲局曾經偏於這樣做。後來格林斯潘轉向調控利率，今天看當然是大錯了。

無錨貨幣的確有很大的問題。在國際相對上，美國當年非常富有，輸得起，今天還算是富有的。但他們遇到很大的麻煩，在可見的將來不會容易知道利率這隻棋子要怎樣走才對。

九、勞動合同的剖析（七篇）

　　二〇〇七年六月二十九日通過，二〇〇八年一月一日起施行的新《勞動合同法》，老人家罵了二十多篇文章。這裡挑選幾篇比較重要的解釋，從二戰期間的大疏散說起，牽涉到的中心話題是公司的合約本質。市場其實沒有產品市場與生產要素市場之分，只是合約安排不同，管制勞動市場其實也是管制產品市場了。

從桂林疏散到公司理論

二〇〇三年三月二十日

　　中日抗戰時，「疏散」乃「逃亡」之謂也。可能因為「逃亡」不雅，且大有怯意，國民黨就發明了「疏散」這一詞。日軍快來了，要保命，三十六着，走為上着，疏散是也。四十年代初期，國內的城市疏散頻頻。當時我還是小孩子，但記得湖南長沙的疏散次數多。

　　桂林疏散今天不見經傳，可能沒有人記得，或者身在其中的死得七零八落，沒有足夠的生存者勒碑誌之。我是知道的，因為我是桂林大疏散最後的其中一個。

　　記不起正確的年份了，應該是一九四三，那時我七歲。母親和我的哥哥與妹妹在柳州，三位姊姊在桂林醫學院就讀，我在桂林真光唸小學。這小學（是的，今天在香港大名鼎鼎的真光的前身）位於山坡腳下，很簡陋的。是寄宿生，膳食奇差。母親給我交了學費與宿費就讓姊姊們照顧我。

桂林疏散突如其來，毫無先兆。其實所有疏散都是這樣的。我在真光小學寄宿，早上醒來不見了好些同學。過了一天又不見了好另些同學。過了幾天，醒來全校就只剩下我一個人。不知是發生了什麼事，但心底裡覺得情況不妥。

三位在桂林醫學院就讀的姊姊曾經再三叮囑，不收到她們的指示，就不要動，不要跑，要等她們指導的訊息。後來我才知道，姊姊們見桂林疏散迫在眉睫，委託一位家中的世交前輩到真光找我，把我帶到柳州交給母親，而姊姊們各自為戰，先走了。她們想不到，那位世交前輩自己也忙於奔命，忘記了我這個孩子。

話說那天早上醒來，真光校園空無一人。廚房內有東西可吃。在校中等待姊姊們來找我，等到午後也沒有影蹤，於是獨自步行到火車站。街上沒有人，但火車站卻是人山人海。大家都嚷着那是最後一班火車，叫的叫，哭的哭。一位婦人懇求一位男人帶她上火車，什麼可以做到的都可以，包括嫁給他為妾。這景象在我腦子中歷久不忘。

火車早就滿了，車頂上也滿是人。我是兒童，個子小，順利地爬到火車頂上，在人叢中找一個小位置坐下，沒有誰說什麼。火車晚上起行，不少人掛在窗外的。記得穿過山洞時，一位車頂乘客可能坐得過高，或半站起來，碰撞死了。

　　火車早上到柳州。下車只有三幾個人，我是其中一個。火車稍停後繼續行程。原來柳州也疏散了，市中不見人影。我步行到一條名為沙街的街道（不知此街今天還在否），是母親居住的地方。桂林真光之前我在柳州中正中學的附屬小學讀過幾個月，住在沙街，因此記得清楚沙街的家。

　　找到家門，進去，母親見到我，哭起來。原來哥哥與妹妹都在病，不能起床。媽媽說，不夠錢再逃了，只是後園有一頭豬，肥而壯，殺了可能賣點錢。感到窮途末路，不知從哪裡來的勇氣，我到廚房拿了刀，走到後園，一下子把肥豬殺了。

　　母親和我把豬切開，在空無一人的街上找到一輛木頭推車，把豬推到位於河畔的市場出售。市場空無一人，沒有顧客，是夏天，蒼蠅滿布豬肉，黑黑一片的。母親知道賣豬無望，哭了。

　　殊不知過了好一陣，近黃昏，數十艘船隻從江上趕到市場購買糧食，見到只有我們母子在賣豬肉。別無選擇，一下子搶購一空。這樣拿到一點可觀的錢，與一艘比較大的船議好了價，趕回家把哥哥與妹妹像豬那樣以木頭車推到江邊，上船向桂平（太平天國起於此也）進發。

　　木船坐了數十人，只有我們一家四口是從柳州上船的。船不是機動，沒有帆，也不用船槳。船行由兩種方法推動。其一是由幾個人以竹竿在近岸之處撐水

底之地而行。其二是由十多個勞工以繩子在岸上拖着船走。岸上的山坡有明顯的拖船者走慣了的路。有時竹撐，有時拖船，一段一段處理的，每段船主議價很快捷。

船程數天的行程中，有兩件難忘的事。其一是某天黃昏，船主突然大叫停船。原來江上有一隻大龜。船主拿着一頭有網的長竿，只一下就把龜拿到船上。想來江龜不少，捕龜的工具早就準備好了。

其二遠為重要。岸上十多個勞工拖船，有一個拿着鞭子的人，鞭打他認為是卸責或偷懶的。二十多年後書寫佃農理論，談到勞工合約時，我提出了卸責（shirking）與監管的問題。一九六九年，多倫多大學的一位學者朋友到我在西雅圖之家小住，聽到他正在下筆的公司理論，我提出「有形之手」是公司的重點，舉出廣西拖船與拿鞭子的人的例子。當時我說，有趣的問題是：拖船的人可能聘請拿鞭子的人鞭打他們。究竟誰是僱主？誰是被僱？

這拖船與鞭打的現象後來在經濟學界引起了很大的回響。多倫多大學的朋友（J. McManus）在文中說拖船例子與問題是我提出的。跟着一篇大文（W. Meckling 與 M. Jensen）說是多倫多提出的。跟着眾說紛紜，到後來誰是僱主，誰是被僱的一篇文章，把我的名字放在文章題目之內。

應該是廣西拖船例子與卸責的思維觸發了後來艾

智仁（**A. Alchian**）與德姆塞茨（**H. Demsetz**）的有關公司的經典之作。此文導致威廉遜（**O. Williamson**）的機會主義的創立，以及七十年代後期捲土重來的博弈理論。

廣西的拖船、卸責與監管的例子是我首先提出的。解釋公司的成因我選走的是另一條路。是的，我反對用「卸責」這種在實際上無從觀察的概念或術語來解釋世事。我要到一九八三年才發表自己的《公司的合約本質》。戴維德認為這後者為「公司」何物這個吵了數十年的話題畫上了句號。

新勞動法的困擾

二○○七年十二月十三日

　　三年前貝加寫中國前途，不樂觀。他的看法是一個國家的經濟發展到有可觀之境，很大機會會拿起石頭砸自己的腳。他舉出二戰後的德國與日本的例子，說服力相當高。三年前我持不同觀點，也當然希望他錯。然而，在內心深處，我知道貝加有機會對，而當時神州大地正開始引進西方的糊塗政策了。我不同意貝加，因為他不明白中國，不知道我當時正在研究的中國經濟制度。在這制度中，地區的縣有很大的經濟話事權，縣與縣之間的競爭激烈，會迫使他們反對中央上頭推出的對競爭不利的政策。我擔心的是人民幣的處理，尤其是匯率那方面，因為貨幣問題地區政府是沒有話事權的。

　　北京不久前推出的新勞動法，共九十八條，洋洋大觀，對地區的競爭制度很不利，應該不容易推行。問題是這「新勞動法」由國家主席推出，勢在必行。六月二十九日通過，明年一月一日起施行。公布內容是幾個星期前的事，網上吵得熱鬧。我本想早作分

析，無奈正在寫《人民幣的困境》那系列的五篇文章，腦子集中，分「思」不下也。

這幾天翻閱有關新勞動法的文件，也讀到一些市場的熱鬧回應，認為問題太複雜，不可能用一篇甚至一系列文章詳盡分析。前思後想，決定只寫一篇，不針對細節，只談一些基本的經濟原則。

新勞動法因為約束合約選擇而引起的熱門話題有四方面。一是機構之間的派遣工作，二是試用期，三是補償金，四是無固定期限合約。後者吵得最熱鬧，是法例第十四條。篇幅所限，這裡只略談這第十四條，複雜的。簡化而又不大正確地說，這「無固定期」法例是指一個員工在一個「單位」工作了十年，法定退休期之前單位不能解僱。這是說，一個員工被僱十年後，不管合約怎樣寫，法律上會獲得終生僱用的權利。

中國之外，我知道終生僱用有兩個其他實例。其一是日本，終生僱用的安排曾經普及。起自百多年前德川幕府的家族傳統，不解僱成員。這制度之所以能持久，主要因為基本工資低，員工的收入主要靠分紅。這終生僱用制今天在日本再不是那麼盛行了。

第二個與第十四條更相近的例子，是美國的大學的終生僱用合約（香港的大學也拜之為師）。一個博士被聘為助理教授，合約三年，續約再三年。六年後，再續約就升為副教授，獲得終生僱用合約，否則被解

僱。今天不少美國大學，是獲得終生僱用後，可以永遠不退休。這大學的終生僱用安排，起於要維護教授的思想與言論自由，初時只用於公立大學，後來好些私立的也被迫跟進。

效果怎樣呢？說是維護思想自由，結果是維護懶人。考慮減薪嗎？教師工會立刻出現，吵得一團糟。當年我因為拒絕入「會」而弄得不愉快。可能最大的禍害，是有了終生僱用制後，力爭上游的青年才俊因為上頭「滿座」而無職可升。七十年代在美國任教職時，我對那些結了婚、有了孩子的助理教授的前路茫茫愛莫能助。今天，因為上頭「滿座」，要在美國的大學獲得終生僱用簡直免問，而以短暫合約續約再續約的安排是來得普遍了。這是香港人說的散仔打散工。原來的計劃是終生僱用，到頭來短暫合約變得普遍。這是美國學術界的不幸。

目前中國要推出的新勞動法，第十四條之外還有其他數十條，一般是要維護勞工的權益。短期不會有大影響，因為正在盛行的，是員工炒老闆，不顧而去另謀高就，老闆跪下來也留不住。然而，有朝一日，經濟緩慢下來，老闆要炒員工，在新勞動法的保護下，工會林立會出現。舉國大罷工的機會存在，證明員加是對的。到那時，北京不容易壓制工會的成立與罷工，因為員工可以說是依新勞動法行動。

不要誤會，我的心臟長在正確的位置。有生以

來，我永遠站在勞苦大眾那一邊。任何法例只要對貧苦人家的自力更生有助，我沒有反對過。問題是法例歸法例，效果歸效果，數之不盡的說是維護勞工的法例，有反作用。支持這觀點的研究文獻無數。我自己在街頭巷尾跑了一生，結交的窮朋友無數，怎可以不為他們說話？不是說新勞動法不會幫助某些人，但這些人是誰呢？他們真的是需要幫助的勞苦大眾嗎？給某些有關係的或懂得看風駛悝的人甜頭，某些真的需要幫助的就失卻了自力更生的機會。這是經濟歷史的規律。

從經濟原則那方面看，是如果要增加自力更生的機會，正確的做法是清楚界定資產權利之後，我們要讓市場有合約選擇的自由。在僱用合約那方面，僱主要怎樣選，勞工要怎樣選，你情我願，應該自由，政府干預一般是事與願違的。我不是個無政府主義者，更不相信市場無所不能。這裡有一個嚴重而又不容易處理的問題：勞工合約的自由選擇，好些勞工不清楚他們選的是什麼，不知道法律對他們有什麼保障，不知道他們是否受騙了。無良的老闆這裡那裡存在。這方面政府要做的不是干預合約的選擇，而是要設法協助，對勞工解釋他們選擇的合約是說什麼，法律可以幫多少忙。如果勞工清楚明白，政府不要左右合約的選擇。可惜澄清合約的本質是困難程度相當高的工作，而今天中國的勞苦大眾，合約與法律的知識不足，是以為難。不同收入層面的員工有不同層面的知

識，新勞動法不應該一視同仁。

　　基本的問題，是如果大家對合約與法律的知識足夠，合約的自由選擇對經濟發展是最上算的。北京不應該因為這些知識的不足而以新勞動法左右合約的自由。這新法有機會把改革得大有看頭的經濟搞垮了。北京的責任是教育與傳播合約與法律知識，因為種種原因，這些事項市場不容易處理。硬性規定勞工合約要如此這般，是干預市場運作，不可取也。

　　最近為高斯寫的《中國的經濟制度》一文，我指出九十年代後期中國有通縮，而算進當時產品與服務的質量急升，這通縮嚴重。房地產之價下降了三分之二。然而，這時期經濟增長保八，失業率徘徊於百分之四左右。毫無疑問，這個推翻了佛利民的貨幣理論的經濟奇蹟，主要是因為中國的合約選擇的自由度夠高，尤其是勞工合約那方面。如果當時中國有今天要推出的新勞動法，嚴厲執行，失業率逾百分之八恐怕是起碼的了。很不幸，因為新勞動法的推出，我不能不考慮在該文補加一個不愉快的後記。九十七歲的高斯不會高興：他堅持該文要以中國大凱旋的姿態收筆。

勞動合同的真諦

二〇〇八年二月十四日

　　國內稱「合同」，我愛稱「合約」，是同一回事，只覺得「約」字是仄音，較為順耳。

　　寫了幾期中國最近推出的新《勞動合同法》，讀者反應多，同意或反對的都拿不準問題的重心所在。是我之過：怕讀者跟不上，沒有把經濟理論的要點寫出來。今天看，勞動市場的反應愈來愈麻煩，不容易的理論也要申述一下，希望北京的朋友用心細想。

　　首先要說的，是新勞動法的意圖是把租值轉移，或把勞資雙方的收入再分配。收入再分配的方法有多種，為禍最大的通常是干預合約的自由選擇，而新勞動法正是這種干預。如果從資方取一元，勞方得一元，沒有其他效應，我們不容易反對。如果資方失一元，勞方得六毫，社會損失四毫，不利，倫理上也有支持的理由。但如果資方失一元，勞方不得反失，那我們就沒有理由接受了。目今所見，新勞動法的效應是勞資雙方皆失！某些人會獲得權力上升帶來的甜頭，但不會是資方，也不會是勞苦大眾。是中國經改

289

的關鍵時刻，我們的注意力要集中在低下階層的生活改進。這幾年他們的收入上升得非常快，說過了，新勞動法把這發展的上升直線打折了。

從一個真實故事說起吧。一九四三年的夏天，我七歲，桂林大疏散時坐火車頂到柳州會合母親，繼續走。柳州疏散得八八九九了。母親選水路走，要從柳州到桂平那方向去。她帶着幾個孩子到江邊找船。不知是誰找到一艘木船，情況還好，可用，但船夫何來呢？該船可坐約三十人，找乘客聯手出錢不難，但要找苦力，船行主要靠苦力在岸上的山腳下以繩拉動。找到的十多個苦力互不相識，是烏合之眾。母親帶着幾個孩子，是大客戶，參與了拉船費用與管理安排的商討。花不了多少時間，大家同意選出一個判頭，算是船程的老闆，苦力人數足夠，工資等都同意了。船起行後，有一個拿着鞭子的人監管着拉船的苦力，見偷懶的揮鞭而下。

母親是我曾經認識的最聰明的人，落荒逃難之際不忘教子。船起行後，她靜悄悄地對我說：「那個坐在船頭的判頭老闆是苦力們委任的，那個在岸上拿着鞭子的監工也是苦力們聘請的。你說怪不怪？我知道，因為他們洽商時我在場。」

一九七〇年，在西雅圖華大任職，多倫多大學的 **John McManus** 到我家小住，提到他正在動筆的關於公司的文章，我認為他的分析不對，向他舉出廣西的

拉船例子。他把這例子寫進文章內，註腳說是我的。後來 Michael Jensen 與 William Meckling 發表他們的公司文章，再舉這例子，說是 McManus 的。八十年代後期，一位澳洲教授以拉船的例子說苦力是被僱，不是僱主，文章題目用上我的名字。膽大包天，他竟然到港大來講解該文。我在座，只問幾句他就講不下去了。

聽說北大的張老弟維迎曾經研究過究竟是資本僱用勞力還是勞力僱用資本這個話題。我沒有跟進，不知維迎的結論。但我想，誰僱用誰大可爭議，不是那麼重要，重要的是合約的安排不同，交易費用有別，減低交易費用是經濟發展之途，而從這角度看，合約的自由選擇有關鍵性。

這就帶來我自己一九八三發表的《公司的合約本質》，整篇文章是關於勞動合同的經濟分析，沒有其他。首先要說的，是勞資雙方是合夥人。一方出力，另一方出錢，不是合夥是什麼？合夥當然不是仇家，毋須敵對。當然，因為交易費用的存在，任何合約都可以有糾紛，但政府立法例，左右合約，有意或無意間增加了勞資雙方的敵對，從而增加交易費用，對經濟整體的殺傷力可以大得驚人。

為什麼會有公司的存在呢？首先是史密斯的造針工廠，分工合作可獲大利。上述的拉船例子是另一方面的合作圖利之舉。一艘可坐三十人的船，一個人拉

不動，要用苦力十多個。船大乘客多，十多個一起拉，每個乘客的平均成本比一個苦力拉一隻小艇的乘客平均成本低很多。為了減低成本而獲利，大家就「埋堆」或組成公司了。「公」者，共同也；「司」者，執行也。

還有另一個遠為湛深的問題，由高斯一九三七首先提出。「被僱」的勞工，大有奴隸之慨，由老闆或經理或管工指揮工作，不靠市場的價格指引，那是為什麼？其實不是奴隸，因為勞工有自由不參與公司，可以自己到街頭賣花生去。參與公司，服從指揮，自甘為奴，那是為什麼？答案是埋堆入夥有利可圖，而高斯拿得諾貝爾獎的重要思維，是公司內的員工的操作貢獻，缺少了像街頭賣花生那樣有市價的指引，公司的形式就出現了。高斯之見，是釐定市價的交易費用可以很高，公司替代市場是為了減低交易費用。一九三七發表，是古往今來第一篇重視交易費用的文章。

我一九八三發表的《公司的合約本質》，貢獻主要有四點。一、埋堆合夥，高斯說公司替代市場不對，而是一種合約替代了另一種合約：例如以勞動合約替代了在街頭賣花生的市場產品合約。二、高斯說釐定市價的交易費用往往過高，沒有錯，但公司之內的監管或拿着鞭子的行為，是起於勞工的薪酬一般不是直接地以產品的市價量度，而是以工作時間作為一個代替（proxy）。三、從重要的件工角度看，按件數算工

資，勞動市場也就是產品市場。如果一間工廠內所有的產出程序皆由件工處理，老闆只不過是個中間人，勞動市場與產品市場是分不開來的。四、勞工或生產要素的不同組合，合約的安排不僅變化多，一家公司可以通過合約的伸延而串連到整個經濟去。結論是：一家公司的財務可以有界定，但從產出的角度看，公司的或大或小是無從界定的。這就是十多年來西方興起的「企業大小無關論」的火頭了。這也是目前國內工廠倒閉引起骨牌效應的原因。

任何企業或公司或工廠都是一家合約組織，這組織的形成是為了減低交易費用，而如果沒有自由的合約選擇，這非常重要的費用節省是不能辦到的。這樣看，像新《勞動合同法》那種大手干預合約選擇自由的法例，對經濟整體的殺傷力是不能低估的。

這就是重點。意圖把收入或租值再分配的政策，或大或小對經濟有害。如果一定要做，我們要用為禍較小的方法。我們要先讓產出賺到錢，才考慮拿出刀來下手。埋堆合夥，通過自由的合約選擇而組成公司，勞資雙方有利可圖，是經濟發展的重心所在。大手干預這合約的選擇，在圖利的關鍵上政府手起刀落，何來租值或利潤再分配呢？這解釋了為什麼凡是左右合約的政策，例如價格或租金管制，對經濟的殺傷力歷來比抽稅、補貼等政策大得多。一九七一美國推出價管，導致經濟大不景凡十年。今天中國的新勞動法，如果嚴厲執行，其禍害會遠比美國昔日的價管嚴重。

不容易找到一個比我更有資歷評論新《勞動合同法》的人。學問本錢足夠：合約經濟學是由我始創的，從而促長了新制度經濟學的發展；重要的分成合約與件工合約，經濟學者中只有我一個深入地調查過。合約法律有研究：曾經花了一個基金不少錢，請了一組助手調查商業合約法律達五年之久；七九年一篇文章，被美國某學術機構選為該年最佳法律研究作品；我拜讀中國的合同法，則是六八年在芝大亞洲圖書館的事了。實踐經驗有來頭：嘗試過生意多項，跑過工廠無數。

這一切，恐怕比不上在感情上有需要對自己作一個交代：幼年在廣西結交的小朋友，差不多全都餓死了；自己近於餓死好幾次；後來雖然父母有錢，自己喜歡結交的一般是窮朋友——今天香港西灣河還健在的老人家不少會記得吧。

從穿珠仔看新勞動法

二〇〇八年二月二十一日

　　我一九八三發表的《公司的合約本質》是一九八二完稿的。寄了一份給戴維德，他讀後對一位朋友說：「大家吵了那麼多年關於公司究竟是什麼，終於給史提芬畫上句號。」史提芬者，區區在下也。那是四分之一個世紀前的事了。幾年前遇到一位博士生，他說選修巴賽爾在研究院敎的制度經濟學，整個學期只討論一篇文章：《公司的合約本質》。

　　為了理解「公司」何物，一九六九我開始跑工廠，十三年後才動筆，可見傳世之作不容易。然而，整篇文章的破案關鍵，卻來自一九五一我就深知的、當時香港人稱為「穿珠仔」的行業。穿者，串也。低賤之極，不見經傳，平凡得很，但啟發了我。這實例在《公司》文內有提及。

　　二戰後幾年，香港西灣河的山頭住着些破落戶，是貧苦人家，我家一九三八建於該山頭，相比起來是「豪宅」了。貧苦人家不少以穿珠仔為生計，一個人從早穿到晚只賺得四口便飯一餐，魚肉是談不上的了。

很小的不同顏色的玻璃珠子，用線穿起來成為頭帶或腰帶，有點像印第安人的飾物，當時西方有市場。由代理人提供珠子、線與顏色圖案的設計，操作者坐在自己家裡按圖穿呀穿的。以每件成品算工資，是件工。

代理人是老闆了。不知是第幾層的代理，他的報酬是抽取一個佣金。佣金多少或是秘密，或是胡說，但不同的代理人不少，有競爭，看他們的衣著，整天在山頭到處跑——交、收、驗貨——其收入也是僅足餬口吧。

上述的平凡例子有幾個絕不平凡的含意。一、從簡單的件工角度看，勞動市場就是產品市場，二者分不開，傳統的經濟分析是錯了的。二、如果政府管制件工的工資，就是管制產品的物價，價管是也。三、沒有任何壓力團體會對穿珠仔這個行業有興趣——今天設計新勞動法的也沒有興趣——因為作為代理的老闆，作出的只是時間投資，賺取的只是一點知識的錢，身無長物，沒有什麼租值可以讓外人動手動腳的。四、這些可憐的代理老闆，就是經濟學吵得熱鬧的 principal-agent 這個話題的主角人物。這題材可不是起自那一九八三的《公司》文章，而是起自我一九六九發表的《交易費用、風險規避與合約選擇》。無心插柳，但八十年代 Zvi Griliches 對我這樣說，後來 Sherwin Rosen 對阮志華也這樣說。至於《選擇》一文也觸發了博弈理論在經濟學死灰復燃，對我來說，是悲劇。

轉談襯衫的製造吧。整件襯衫，從裁剪到不同部分的車造甚至到上鈕，都可以每部分用件工算，也往往用。應選用哪種合約過後再說，這裡有些問題比穿珠仔來得複雜，從而導致操作的要從住家轉到工廠去。在家中操作是有好處的：節省廠房租金與交通時間、可以兼顧孩子與作家務，多多少少有點天倫之樂。但把工人集中在工廠操作，管治與合作配搭的費用較低。原料的處理，在家中可能有困難。當年我調查過一間織籐工廠，籐織品以件工算，但籐枝太長，在家中不能存放。最重要的促成工廠的原因，是機械的設置了。資金的需要是個問題（當年的西灣河不少人家自置衣車，在家中件工操作）；工廠可以分兩更或三更操作，減少了機械的空置時間；最重要可能是機械太大，家中放不下。二百年前英國的工業革命，主要起於紡織技術有了兩項重要的發明，紡織機變得龐大，工廠於是紛紛興起了。

工廠的興起，也有幾個不平凡的含意。一、工人往往要離鄉別井，一百年前中國的舊禮教家庭因而開始瓦解，而今天到處跑的民工以千萬計，新春大雪火車站踏死人。二、自甘為奴（見前文）的勞工集中在一起，不僅增加了奴役的形象，加上知識不足，容易被煽動，上街或罷工的行為是遠為容易產生了。三、與新勞動法最有關連的，是置了廠房及機械設備的資方或老闆，投資下了注，不容易隨時無損退出。這其中含意着的租值是一種特別的成本，是不淺的學問，

讀者要參閱拙作《供應的行為》的第三章第四節——《上頭成本與租值攤分》——來理解。這租值的存在可使外人認為勞動法例有可乘之機，可把租值再分配。然而，有膽投資設廠的不蠢，總會想出些應對方法。這些方法一般提升交易費用，導致租值消散，勞方能得甜頭的機會甚微，整體及長遠一點看，勞苦大眾是會受損的。這是因為租值消散他們要分擔。

可能最有趣的含意，是新勞動法的推出，如果嚴厲執行，會導致機械或科技投資的兩極分化。一方面，設置了機械的不會再投資，讓機械老化，而還未入局的當然會卻步了。另一方面，一些廠家會賭一手，多置機械或提升科技，精簡員工人數，希望能選中傑出的，被迫提升薪酬可以賺回來。這兩方面，皆會削弱勞苦大眾自力更生的機會。比較難逃一劫的是有值錢的發明專利或名牌商標的機構。租值明顯存在，他們主要的自衛方法是精簡員工，減少產出，提升價格。

回頭說件工，不是所有產品或產品的每部分都宜於用件工處理的。按產出的件數算工資，工人的意向是鬥快。質量當然要檢查，但所謂慢工出細活，檔次要求極高的產品，檢查的費用（包括與員工爭議的費用）可能過高了。此外，過於瑣碎的工作（例如文員），或有創作性的（例如設計），或不容易界定件數的（例如維修），或需要幾個人一起做的（例如電鍍），等等，件工皆不容易引進。這裡又有幾個不平凡

的含意。一、選擇件工是為了減低監管費用，不選件工是為了減低件數界定與檢查費用。都是交易費用，勞動合約的選擇主要是為了減低這些費用。二、如果資方投資機械設備，這設備的成本愈高，產出效率較高的員工，愈要有較高的每件工資才能找到均衡點（見拙作《制度的選擇》第四章第六節）。這解釋了為什麼件工制度往往加上獎金制。三、如果件工合約的交易費用過高，時間工資（日工或月工）或其他勞動合約會被採用。但員工的時間本身對老闆不值錢，所以監管「奴役」的情況會出現。任何行業，如果有件工與時工的並存，懂得做廠的人會互相印證，務求二者的工資大致吻合。政府干預一種合約，會誤導另一種需要的訊息。四、上文提及，管制件工的工資等於管制產品的市價。這裡的含意，是管制時間工資其實是間接的產品價格管制。五、如果政府規定的最低時間工資夠高，工人會反對件工合約，因為產出鬥快其收入也達不到最低時間工資的水平。這樣，政府會被迫而廢除件工合約。比史德拉、佛利民等大師想深了一層：他們認為最低工資的不良效果是損害了生產力低的就業機會，我補加最低工資會左右了重要的合約選擇，從而增加了勞動市場的交易費用。上述的五個含意，新《勞動合同法》的影響都是負面的！

屈指一算，我從經濟的角度研究合約有四十三年的日子了。主要是從交易費用的角度看合約問題。說過好幾次，分工專業產出，獲利極大。自由的合約選

擇是減低交易費用的重點。在國民收入的百分比上，交易費用一般高得很。一九八一寫《中國會走向資本主義的道路嗎？》時，我指出，只要這些費用在國民收入的比重略減，經濟增長會急升。

想當年，北京的朋友接受了我提出的關於交易費用的重要性，也同意要盡可能減低這些費用。夠淺白，而當時盛行的走後門，交易費用奇高，所以提出的說服力強。跟着的經改有大成是人類奇蹟。為什麼最近推出的新勞動法，突然間背道而馳，把交易費用大手地推上去呢？是的，從這角度看，新勞動法是明顯地走回頭路，清楚得很。是中國經濟改革三十周年啊，難道這經改要止於二十九年嗎？

中國的勞工比我的兒子矜貴了

二〇〇八年九月三十日

很多年前——七十一年前吧——母親抱着我説：
「牛耕田，馬食穀；父賺錢，子享福。」我問：「馬兒
不是吃草的嗎？怎會吃起穀來了？」不記得母親怎樣
回應。她的智商比我高，從小就鬥她不過。

父賺錢，子享福——天下間不可能有更大的真理。
兒子四歲開始入學，今天三十六歲了，還在大學進
修。歷來成績好，不需要他養我，沒有理由要求他趕
着去賺錢。在醫院每星期操作七十多個小時，也沒有
理由要求他放棄應有的操作。除稅後他的月薪不到三
千美元，每小時算工資比不上一個香港的小學教師。
如果兒子不再深造，出去賺錢，四倍收入容易。他要
繼續學下去，我找不到理由反對。兒子勤奮好學，也
喜歡花點錢。我對太太説：「補貼他一點吧，花錢可
以鬆弛一下，兒子神經出事我們豈不是輸光了？」

說沒有心痛過是騙你的。不久前給兒子電話，找
了幾次才找到。我問：「為什麼不接電話呀？」他
答：「三十個小時沒有睡了，很累，但還要繼續。」

「為什麼呢?」「一個兩歲大的孩子病重,能活下去的機會不高,希望奇蹟出現,我不能讓他死去。」「沒有其他醫生替代嗎?」「有的,但這個孩子是我的病人,我要跟進。」我只能回應:「你做得對,醫生是要這樣做才對的。」

二十多年前,兒子在香港唸書,暑期讓他到海運大廈商場的一家玩具店作散工。因為兒子的英語流利,對外籍小朋友推銷很有兩手,店子的老闆重用,每天下午工作六個小時給他二百五十港元。我精打細算,兒子拼搏六個小時後要到食肆大吃一餐,來去要不是司機接送就是坐計程車(父賺錢也),總成本近四百,收入二百五十,要虧蝕。但我還是鼓勵兒子做下去。在玩具店工作是沒有什麼知識可以學得的。我對兒子說這種工作可以訓練他的幹勁與耐力,可以教他怎樣才算是把工作做得好,也可以讓他知道,事無大小,責任總要有個交代。今天兒子不論工資,每星期工作七十多個小時,算是學會了。

我不懷疑兒子的際遇與機會,比今天國內的勞工高出很多。問題是在新勞動法下,國內的員工每月不能超時工作逾三十六個小時,也即是平均每星期工作時間不能逾四十八個小時。這些勞工怎會變得比我的兒子矜貴了?說是國家愛惜勞工嗎?當然是,應該是,但有誰會相信,國家愛惜勞工勝於我愛惜自己的兒子呢?要為勞工爭取上進的機會嗎?愛惜他們,不讓他們多勞,這機會怎樣算了?國家為工作時間設了

上限，可不是勞工的意欲，是哪個天才想出來的呢？
蠢到死！

　　我自己昔日求學的經歷，遠不及今天自己的兒子
那麼寫意，但要比國內的勞工好一點，好不太多。父
親早逝，母親愛惜，但我沒有求過她一分錢。在多倫
多沒有大學收容，什麼工作都做，較舒適的是在攝影
店的黑房工作，每小時加幣一元。後來轉到洛杉磯加
大就讀，機會難逢，看到前途，就拼搏起來，每星期
的工作與讀書時間加起來約九十個小時。我不是例
外。從香港去的學子，除了幾個嬌生慣養的，一般都
工作「超時」一倍。有到火車站搬行李的，有敲門售
貨的，有到唐人街洗碗或企枱的。我自己嘗試過的工
作，足夠寫一本厚厚的書，不寫也罷。勤奮負責，不
乏偏者，後來成績好，有獎學金，也有研究助理或教
書助理的工作，應接不暇也。

　　比較過癮的是進入研究院之前，粗下的工作免不
了，我的發明，是與一位同學合資，五百美元買了一
部舊皮卡車（pickup truck），加五十美元買了一部用
汽油的舊剪草機，到處敲門替人家剪草。市價八元，
我們收五。兩人合作，剪得快，剪得好，約三十分鐘
剪得客戶滿意。過了不久生意滔滔，但每天只能在課
後操作一兩個小時，週末多一點。

　　我這一代的生活比不上兒子的，但比今天國內的
勞工好。我父親那一代當然比不上我，也比不上今天

國內的勞工。父親當年的拼搏與一些叔伯的艱辛，母親生時對我說完一遍又一遍。她就是要我知道成功的過程是怎樣的一回事。母親說，上世紀早期在香港工廠作學徒的不僅沒有工資，較蠢的要給老闆補米飯錢。幾個月可以學會的技術，學徒要先作洗碗、掃地等粗活，學滿師通常是五年了。幾位叔伯打上去，事業有成。父親勝一籌，晚上自修英語，加上學習，半譯半著地以中文寫了一本電鍍手冊。後來設館授徒，也賣電鍍原料。他的名字是張文來，被譽為香港電鍍行業之父，謝世後多年他的誕辰被拜為師傅誕。火盡薪存，今天在昆山的文來行，還在產出當年父親改進了的拋光蠟。小生意，但既然是父親的玩意，可以繼續就繼續下去吧。

提到上述，是要說明論生活與收入，無疑一代勝於一代，但論到創業成就，以我家為例，卻是一代不如一代了。我可以斷言，如果新勞動法在神州嚴厲執行，有工作時間的上限，而每個被僱用的炎黃子孫都受到這上限約束，不可能有一個的成就比得上我的父親，不可能有一個比得上我，也不可能有一個比得上我的兒子吧。真實的效果將會如何呢？被僱的炎黃子孫中總有一些的成就高於我們一家幾代，但這些傑出之士一定是打茅波，違反了新勞動法！

朋友，想想吧。如果一個社會有老闆，也有員工，但老闆永遠是老闆，員工永遠是員工，那麼在新勞動法的嚴厲約束下，不會有員工殺出重圍，久而久

之，整個社會就變為一個奴隸制度了。二十年前微軟
發跡的故事令人欣賞。商業天才蓋茨把微軟的總部稱
為校園（campus），內設飯堂，鼓勵衣履不整的青年
不出外進膳，晚上燈火通明，不分晝夜地工作的無
數。據說每星期工作逾百小時的不少。自甘為奴，被
蓋茨剝削得過，因為十年後數之不盡的身家逾千萬美
元了。

新勞動法與蠶食理論

二〇〇八年十一月二十五日

　　拙作《北京出手四萬億的經濟分析》十一月十八日在這裡發表時，編輯先生加了一段按語：「中國政府昨天宣布，為了穩定就業局勢，暫緩調整最低工資標準，變相凍結新勞動法。」此按不對。新勞動法的江山依舊，何來變相哉？暫緩最低工資的上調，或這裡那裡放寬一點，有小助，但正着是撤銷，因為有影響力的最低工資存在，勞苦大眾的生活不會好過。

　　最低工資在國內不同地區各顧各的存在了好些年，為恐打草驚蛇，我不說。當時的最低工資低，一般沒有影響力，而偶有比市場低薪略高的，沒有誰執行。新勞動法的引進強化了最低工資的執行，而法定的「最低」，這些日子的升幅一般高於通脹率。新勞動法帶來的反效果是明顯的：今天，收入最低的工人失業的失業，回鄉的回鄉，而還有工作的工作時間是愈來愈少了。為什麼到了今時今日，網上還有讀者支持新勞動法呢？

　　我在經濟學作出的比較重要的貢獻，屈指算來近

307

兩掌之數。其中自己感到最滿意的，行內不重視，可能因為與傳統的分析格格不入吧。邏輯上我不可能錯，而對真實世界的市場觀察了數十年，認識與行內的朋友差別頗大。我是寫了出來的，一九八三年以 The Contractual Nature of the Firm（《公司的合約本質》）為題發表於《法律經濟學報》，是該期的首篇。二十五年過去，該文大有名堂，可惜行家們到今天還看不到其中要點。

該文說的要點，是經濟學課本及課本之外的有關分析，永遠把生產要素（如勞力、土地等）的市場與產品市場分為兩個市場，課本一律在兩個不同的部分處理，是大錯。以我之見，市場是權利交換的地方，擴大起來只一個，其中的合約安排千變萬化，各各不同，而不同合約安排的選擇，一般是為了節省交易費用。後來我在其他文章補充：因為人的自私，或政府多加左右，提升交易費用的安排出現，可以是災難。美國的金融合約安排是一例，中國的新《勞動合同法》也是一例。

我曾經提到一個尷尬例子。二十多年前被迫作評審，決定一個助理教授應否升級。見該教授專於產出函數研究，我問：「當你在街頭讓一個孩子替你擦皮鞋，擦好後給他一元。這一元是購買孩子的勞力呢？還是購買皮鞋給擦亮了？」他答不出來，不能升級。我也說過戰後香港西灣河山頭家家戶戶穿珠仔為生計的例子，拿開了中間人，勞力市場就是產品市場。在

工廠見到的件工合約安排略為複雜,但拆穿了跟穿珠仔沒有兩樣。二戰時在廣西,每十天有「趁墟」之盛,農民帶產品集中一處銷售,既是產品市場,也是他們的勞力市場了。就是今天,週末到農村一行,在農地或路旁購買農作物,也是二市難分:基本上二者一也,分之蠢也。

既然二者一也,管一就是管二,管制勞動市場就是管制產品市場,法定最低工資就是法定物價管制。那些高舉自由產品市場而又贊同最低工資的經濟學者,是有點糊塗了。

離開了擦皮鞋或穿珠仔,合約的形式變化多,例如以時間算工資,或分花紅,或算佣金,或送股票,或供食宿,或賜獎賞,或佃農分成……而又或者幾項花式合併而為約。然而,無論怎樣變,不管搞得如何複雜,皆可翻為件工合約的替代,穿珠仔之類也。從一方面看是僱用合約,是生產要素市場,從另一方面看是產品市場的替代,合約的形式有別,市場一也。

讓我提出一個淺問題來考考讀者吧。如果今天中國的勞動法規定最低工資是每天一千元人民幣,嚴厲執行,失業會增加嗎?答案是不一定。勞動市場可轉用件工、或分紅、或分成,等等其他合約處理。問題是政府約束一種合約的自由選擇(這裡指約束時工合約),市場選其他合約安排替代,一般會增加交易費用,而政府見工人一天賺不到他們意圖的一千元,多

半會左右其他替代合約。這樣一來，僱主要逼着關門大吉，被僱的逼着回鄉歸故里，或到街頭賣花生去。嚴格地說，行乞、犯案也是職業。

那所謂失業，是要有僱主及被僱的存在才出現的。失業主要是工業興起的發明，工人被炒後一時間找不到其他僱主，自己無鄉可歸，一時間想不出賣花生之法，要再找僱主，找不到合意的，稱為失業。炎黃子孫在地球存在了數千年，失業之聲近二十年才聽到。

為什麼僱主與被僱於工業來得那樣普及呢？兩個原因。其一是分工合作，集中人手大量產出，每個成員分得的收入會遠高於各自為戰的產出方法。史密斯一七七六提出的造針工廠是好例子，雖然後來的實際經驗證明史前輩遠遠低估了。其二是好些生產程序，因為交易費用的存在，需要監管。這監管促成了勞工有奴隸性質的形象，剝削之聲四起也。然而，多年的觀察，知道說剝削工人的人沒有一個做過廠。在市場的競爭下，剝削工人談何容易哉？

這就帶來上文提到的問題：為什麼新勞動法為禍明確，網上還有讀者支持此法呢？利益分子或顏面問題不論，答案是有些人見到某些地方，或某些企業，最低工資及勞動法例是明顯地提升了就業工人的收入。這裡的重點是租值的存在。最低工資及勞動法例由政府推出，更重要是跟着加進了工會，一個有租值

的工廠或企業可以被蠶食而使工人的收入增加。租值是經濟學中的一個重要概念,掌握得好不容易(見拙作《供應的行為》第二及第三章)。簡單地說一句:租值是資源使用不受價格變動影響的那部分的資產價值。一家工廠大手投資購買了機械,轉讓出去不值錢的那種投資,工資被迫增加也要繼續幹下去,其租值是被蠶食了。一間因為苦幹得法而打下名堂的企業,有值錢的註冊商標,一間工廠研究有獲,在發明及設計上拿得專利註冊,等等,皆有租值,不是什麼最低工資或新勞動法一推出就要關門的。他們有一段頗長的時日可以逆來順受,但一旦遇到市場大為不景,租值全失,專利名牌就變得麻煩了。這是近今美國汽車行業的困境。龐大的租值被蠶食了數十年,幾殆盡矣,怎還可以經得起金融市場的風風雨雨呢?

一般而言,蠶食企業的租值,是需要工會的協助才能成事,所以工會有工人的支持。工會操作的關鍵(先進之邦的工會,不是目前中國的),是阻礙工人自由參與競爭,因為工人自由競爭不容易蠶食企業的租值。

有幸有不幸,中國的最低工資與新勞動法是來得太早了。君不見,目前紛紛關門大吉的工廠,清一色是接單工業,沒有什麼租值可言,用不着什麼工會對立老闆就失蹤了。這是不幸。幸者,是關門關得那麼快,而又是那麼多,其示範大有說服力,好叫有關當局知道容易中先進之邦的勞動法例之計。

可以阻礙工人自由競爭的工會今天在中國還沒有出現，可能因為大有租值的企業目前在中國不多。新勞動法無疑鼓勵蠶食租值的工會出現，但要等到中國的發展更上一層樓，大有租值的企業無數，這類工會才會藉新勞動法的存在而林立起來。真的嗎？可能不會吧。聰明的老闆會意識到只要新勞動法存在，有租值蠶食力的工會早晚會出現，不敢向增加租值的投資下注。

這就是北京的朋友要重視的一個關鍵問題。要搞經濟轉型這些日子說得多了，而所謂轉型者，就是要鼓勵增加租值的行業：研發科技、搞國際名牌，等等。有新勞動法的存在，企業租值上升，蠶食此值的工會隨時出現，豈非血本無歸乎？新勞動法來得那麼早，一則是悲，一則似喜也。我這個老人家是怎樣也笑不出來的。

北京要利用縣際競爭處理勞動法

二〇〇九年七月十四日

　　不久前有朋自遠方來，談中國經濟，他們問外資會否再光顧神州。地球不景，有外資（尤其是韓資）撤離，而問津中國的外資是減少了。我說：「外資還會再來的。雖然中國的經濟不是那麼好，但比起世界各地，投資下注還是中國最上算。投資環境永遠是相對的。」說了這幾句，我想到新《勞動合同法》，想到不久前幾家考慮到中國下注的美國機構，提到此法有恐懼感。我於是說新勞動法一定要取締。只輕輕帶過：這些朋友知道我罵過不少筆墨，再大罵一番會觸犯邊際效用下降定律。

　　幾天前再查詢形勢，有點好消息：中國的工業有復甦的跡象！南中國的工業區，水靜河飛大半年，市面有點熱鬧了；昆山的廠房租金，暴跌後最近回升了十多個百分點；工業發展最可靠的指數——紙盒的銷量——止跌回升。解釋有兩方面。其一，次要的，是央行放寬了銀根，借貸較為容易。其二，主要的，是地方政府不僅不執行新勞動法，而且提供避去該法的門徑。

313

經過了一年的發展，避開新勞動法的門徑是簡化了。廠家提供的勞動合同只寫下最低工資，其他皆以獎金的形式處理。只要僱主言而有信，員工接受。偶爾有守法的廠家——例如超時工資加倍。但這些守法的管得緊，對員工的產出表現苛求。據說在初時，守法的工廠比較容易聘請員工，但過了不久員工怕管得緊，紛紛選取「獎金」制。二者之間顯然達到一個均衡點，一起共存，而二者與新勞動法的意圖皆有出入。一般之見，是如果此法全面嚴厲執行，大部分的工廠會倒閉。

今天，說外資見新《勞動合同法》而生畏，不是全對。港資也算外資，懂得怎樣處理。據說台資也學得快。但來自西方的廠家就遠為頭痛了。新《勞動合同法》是非常複雜的文件，通過律師解釋也天旋地轉，且費用不菲。選大城市下注是個問題，不善於跟地區幹部打交道是個問題，而字號有點分量，招牌有點金漆，也是個問題了。這是說，中國愈需要引進的外資，應付新勞動法愈困難。

順便提及，因為新勞動法的存在，一門搞事的行業出現。聽說有些「搞事」之徒是以分帳的形式由「專人」指導的。說搞事，因為這些「員工」基本上不打算安分守己地工作。他們受聘一兩個月，找到僱主的「非法」行為，要求賠償和解。要求不多，三幾千元一般不難拿到。這樣，新勞動法是鼓勵了不事生產的「勞工」。這方面，或多或少，或輕或重，地球上所

有勞工法例都有類同的效果。

地區政府為了挽救自己的工業，紛紛採用有「彈性」的方法來處理新勞動法，而不同地區有不同的彈性安排。我於是想到，北京為什麼不容許甚至鼓勵不同地區各自為戰，或各出奇謀，設計自己的《勞動合同法》，務求爭取自己的工業發展有成效呢？

拙作《中國的經濟制度》指出，中國發明的縣際競爭制度了不起，是天才之筆，也是九十年代中國在經濟困境中出現奇蹟的主要原因。雖然近幾年這制度的運作是被中央上頭削弱了，但性能仍在。讓我提出如下的構思，或建議，給北京的朋友考慮。

建議如下。選一個地點及資源屬中等的縣，讓該縣的政府設計及策劃自己的勞動法例。可以是前所未聞的，或者說明完全不管（讓個別機構設計自己的僱用員工的規則），又或者是一字不改地接受北京上頭定下來的新《勞動合同法》。重點是要說清楚，要履行，好叫勞資雙方沒有混水摸魚的機會。這樣，不管勞方怎樣大呼剝削，或資方怎樣認為不合理，我們只看效果論成敗。這是說，如果這個中庸的縣推出的勞動法例使投資者爭相下注，勞動人口不斷湧至，明顯地帶起該縣的工業發展，人均收入增加，那麼事實勝於雄辯，該縣的勞動法例是優勝的了。投資者有選擇的自由，勞動員工也有選擇的自由。佛利民說得好：自由選擇是民主的真諦。但如果這個縣設計的勞動法例找

不到投資者問津，或勞工避之唯恐不及，那麼怎樣誇誇其談也沒有用。當然，上述只是一個例子，北京要讓所有的縣設計及履行自己的選擇，衡量成敗不會困難。

我曾經指出，中國的縣其實是一家商業機構，或是一間公司。我們知道，在競爭下，只要政府容許，不同機構會有自己的公司法（bylaw），而類同機構的公司法設計，在競爭下會偏於類同。在中國，縣際競爭激烈，但因為地理環境與資源分配往往有大差別，不同勞動法例的設計可能出現，但大致上類別不會多。我的估計，是縣際競爭最後達到的均衡點，是個別的縣設計的勞動法不會超過三類，而且會是清楚明確的。歷史的經驗說，在競爭下，模糊的法例，或過於複雜的，一定是輸家。這些不可取的法例通常只在利益團體的壓力下出現，而中國付不起應酬個別團體的代價。

如果不同的縣真的有個別設計自己的勞動法例的自由，而他們一般還是選擇現有的新《勞動合同法》，我這個老人家是無話可說的。北京能否容許這樣的自由——沒有幕後左右的自由——有關鍵性。四十年前我研讀過西方的合同法律的演變，很欣賞英國傳統的智慧。今天我很欣賞中國的縣際競爭制度。那是非常聰明的中國人在經濟壓力下想出來的一套承包合約的安排的組合。如果北京能真的放手，讓縣政府在競爭下設計自己的勞動法（包括不管，只讓個別商業機構設

計自己的），中國的經濟會再急升可以斷言。外資必將蜂擁而至也。

讓我再解釋一次。在地區或縣際競爭的運作下，讓每個縣設計自己的勞動法例，或讓他們選擇處理勞工的安排，如果某縣能搞起工業發展，比有同樣資源局限的縣跑出一個馬位，這個縣對勞動員工的貢獻一定是較大的。七十多年前英國的魯賓遜夫人（Mrs. Joan Robinson）推出僱主剝削勞工的可能性，但只可以在缺乏僱主競爭的情況下出現。機構之間的競爭會保障勞工的收入，而我曾經指出，中國的縣際競爭是多了一層非常重要的競爭，西方求之不得也。今天我想到，如果勞動法例由縣際各自設計，各出奇謀，在達到經濟整體的均衡點下，這法例對勞工的收入增長一定是最上算的。

經濟發展的成敗得失的衡量，不要單看人均收入的轉變。更重要是租值的升幅與累積。不要因為勞動員工持有的物業不多而認為他們沒有什麼租值可言。歷史的經驗說，知識租值比物業租值遠為重要。目前的新《勞動合同法》對工人的知識租值的增長，乏善可陳，是負值。我深信，讓縣際競爭決定勞動法例的取捨，工人的知識租值會急速上升。

在縣際競爭下，不管他們推出怎麼樣的勞動法例，甚或選擇完全不管為最佳的均衡方案，北京也應該接受。重點是每個縣要說清楚，要讓工人明白他們

可以選擇的是些什麼。我不擔心工人受到剝削，但擔心他們可能被騙，也擔心他們因為無知而作錯誤的選擇。

立下法例而不執行，長遠來說不是辦法。撤銷新《勞動合同法》看來不易，但讓縣作選擇，包括可選現有的，然後帶動着不僅是資方的選擇，勞方的選擇有更重要的決定性。除了壓力團體，有誰可以反對呢？正如上文提到的一個例子，有執行與不執行新勞動法的類同工廠，工人選不執行的，不可能是因為他們生得蠢。但我認為要讓工人知道他們選擇的是些什麼。我也不能排除，在縣際競爭下，一種前所未見的有經濟效率的勞動法例可能出現。我不是個無政府主義者，鬥經濟智商有膽擺擂台，可惜在局限下競爭而衍生出來的合約安排，我很少事前猜中！

十、考古説（六篇）

經濟大師考古記

二〇〇五年十一月八日

（一）

　　第一次懷疑國內地攤小販出售的、眾人皆說是假的古董，有真古物混在其中，起於價格太相宜，就是國內的低工資也造不出來。在地下掘出來是另一回事。

　　九十年代初期，為了學書法常到上海，在那裡清早的地攤市場見到「古」玉件，不大的掛件，設計古雅精妙，工藝一流，開價人民幣二三百，議價後八十至一百可成交。明顯是仿製的更多，工藝奇劣，容易鑑別，價格減半。問題是，那些看來是古時珍品，人民幣八十，比香港商店叫價數千的好得多，是不是真古物呢？朋友一般說是假，連自稱專家的也這樣說。問他們為什麼？回應一律是價太低，不可能是真的。這就是了，他們認為價太低是假，我認為價太低是真。於是盤算，這些玉件設計件件不同、藝術品味高妙，轉了幾手才賣給我，第一個出售的人所得甚微。

應該是真，但怎樣證實呢？

我對太太說：「這樣吧。如果這些玉件是仿製的，買之不盡，但如果是真古物，可以買盡，之後要等一段日子才有供應。價錢那麼低，我們或可買盡，看看供應後果。」於是在兩個早上，我們花了三、四萬元，在地攤選出認為是古的，買盡。此盡也，盡到今天！（其後有少量出現過，今天於高檔商店偶見之。）

也是在那時，太太在地攤上看到一件她喜愛的大約十吋高的人物造像。我一看就說：「是晉瓷，有名的『藥師』，國內的博物館有兩件，晉瓷假不了，但為什麼是那樣新的呢？」討價還價後一百五十元人民幣購得，一位專家朋友肯定是假：太新，價太低，如果是真的會在博物館內。於是打賭三千元，作當時不少人相信的熱釋光驗證，果然是晉代。這件藥師造像有一天要交到中國的博物館去——不是因為熱釋光，而是晉瓷若干世紀前失傳，「藥師」是最珍貴的代表作。

我為中國的古陶瓷可以改作「新」觀調查了一段日子。知道鹼酸不侵，但土藏痕跡那樣重，怎可以新如昨天造的？考查所得，知道國內有翻新絕技，託有聯繫的朋友寄難看的去嘗試，果然了得。後來知道方法分兩部分，獲知第一部分，在家中嘗試過，第二部分是商業秘密。

宋代的汝窯曾經是稀世奇珍，但市場竟然出現，

有精美絕倫的，也有遠為粗劣的。此天下名窯只存在了二十多年，曾經估計只三十七件存世，台北故宮那件比較完整，估價天文，而就是碎片一塊也被視為國寶。發生了什麼事？

九年前聽到河南原產地仿製汝窯，立刻派人到那裡採購仿製樣品，與我在市場找得的貌合神離，是兩回事。再派人拿着我認為可能是「古」的汝窯走一趟，回報是仿製品不少，但一看而知有別。重要是市場找到的精品，比有證書的頂級仿製高很多，但價格遠為相宜！再深入考查，結論是前者不可能是今天仿製，而是出土翻新。反覆推敲，我無從判斷這些不是今天造的汝窯到不到宋。

北京某文物權威機構姍姍來遲，去年出版影碟，介紹宋徽宗時期的汝窯，說今天有真有假，真的其實相當多。我認為出土的有機會到宋，但不同意該權威說精緻的是真，粗劣的是假——古代的名窯一般有幾個質量層面。

個人之見，是出土汝窯翻新後優雅迷人，一看就知道是徽宗品味，既然不是今天仿製，價格相宜，哪管到不到宋，不收藏是大傻瓜！

（二）

從經濟學的角度考古很世俗，凡事論價。比方

說，要知一件自己有興趣但不熟悉的看來是「古」之物，是否今天仿製，我喜歡對供應者說希望多買幾件，要一模一樣的。他容易地找到我懷疑是仿製，找不到我把出價提升，鼓勵加工找尋。

又例如，凡有朋友說我收藏的是今天仿製，我會回應：「給你五萬元，帶我到仿製的工廠去看看。」這樣說，因為我曾經出高價去找多人說的數之不盡仿製得可以亂真的天才，到今天還找不到。

仿製仿製，以假亂真，談何容易！經濟學的價格理論大顯神威，說成本高的部分會仿得馬虎，市價夠高會仿得逼真。

宋代產於河北的定窰（稱北定），市場也有，價也不高。是「真」的嗎？四年前在河北與那裡仿製定窰的老闆進午餐，他說河北只他一家，送給我的一套定窰，仿得不錯，但一看而知有別。北宋的定窰細看似有輕紗蓋面，彷彿霧裡看花，這一小點成本高，不難露出馬腳。明清的瓷器有精彩的仿製品，因為這個時期的瓷器價格往往天文數字。上古的泥公仔，仿製成本近於零，有價，不懂的不容易分辨今古。除了這些，仿製得可以亂真非常困難——價不夠高，技術失傳，有些黏土用盡，是以為難也。我只見過一件說明是今天仿製的建窰（日本稱天目，屬南宋），不看碗底分不開來，價格比我收藏的高幾倍。

後人仿製自古有之，這使我們難以判斷——除了不

是今天——一件古物究竟是哪個時代的產品。我說是唐，意思是最高的可能性是唐，但五代、南北朝，甚至宋、元等的機會存在。中國的陶瓷文化轉變緩慢，不是一旦換了朝代就改變了技術與風格的。不同意這些觀點的不可能是專家，或者是蠢專家。上古的玉器，判斷只差一千年了不起。識者相傳，元代的龍有三爪，明代有四，清代有五。大致上對，但例外多得很。墨守成規非專家也。年多前某拍賣行推出一件書法卷軸，國寶無疑，說是唐。但有兩位專家跑出來，說不是唐，而是宋或以後，拍出之價因而低了不少。求教於我，我一看就說是唐，因為宣紙上印上的龍是頭細有五爪，是唐龍，非常少見。我曾經研究過一件所有特徵皆唐朝的銅鏡，有此龍，一模一樣。不能說我一定對。

鑑別今古，文革與戰亂幫大忙。不是今天造的不難肯定，文革不可能，因為當時仿古有殺身之禍，再推上去是人民公社，國共之爭，中日之戰，亂世也。飯也沒有得吃，仿什麼的？明清之物，今天不少商人跑到農村找，但較古的多是從地下掘出來。困難依舊：我們無從判斷是何時埋下去的。

曾經說過，鑑證中國文物的專家有三個級別。初哥什麼都說假、假、假，因為不這樣顯不出自己是專家。中級的什麼都說真、真、真，因為看得多了，知道今天的出土文物多而精彩，價格相宜，何必假呢？最高一級，如區區在下，會說不知不知。這是因為中

國的古文化如無底深潭，愈學愈複雜，愈想愈糊塗。

嚴格地說，研究中國文物，對中國文化的認識要近於學究天人。我是因為研究宋代的五大名窰而逼着去理解宋徽宗這個糊塗天才的。古董奇案，美國的專家自認不識中文，什麼名窰一概不知，是初哥之下的級別，堪稱零哥。他們小看了張五常是有眼不識泰山；小看了中國文化則罪不可赦矣！

是打開始皇陵墓的時候了

二〇〇六年十月六日

　　秦始皇帝這個人不容易明白：一方面有豐功偉績，另一方面發神經，很大的神經。不知是真是假，記載說，十三歲即位就開始建造自己的陵墓，建了三十九年，動員七十多萬人，為了守秘，最後不少建墓者被殺掉，或被迫陪葬。焚書坑儒何足道哉？

　　發神經，墓地面積達五十平方公里，今天被譽為天下第八奇蹟的兵馬俑，只是其中一小角而已。我到過西安，兵馬俑變化不多，一目了然，奇就奇在中國曾經出現過這樣的傻皇帝。但當我見到墓地主場的外觀，是大山丘，很想知道內裡的設計如何，放着些什麼？是二千二百多年前的天下無敵的大玩意，墓中文物可以教我們很多的，為什麼不打開來看看呢？我願意花起碼二千元進去勾留半天，細看一下炎黃子孫二千多年前的真實文化，而願意花錢更多的君子數之不盡吧。賺這種錢對社會有利，對世界有利，說不定西方的君子會多一點敬重我們的以往。起碼在感受上，始皇之陵，對人類文化的啟示，應該超於埃及的所有

金字塔。

眾人皆說，不打開始皇之陵，因為打開會受到氧氣的侵蝕，部分文物會受損。問題是如果永遠不打開，等於沒有，或有等於無。這是愚蠢的浪費。早晚要打開才有價值，才能對社會作出貢獻，問題是何時打開才對。

我認為今天打開秦始皇之墓是大好時機，二千多年來最適當是今天，不要再等了。想想吧，兩個世紀前科技不足，打開與保護皆有困難，而跟着兵荒馬亂，打開了慘過敗家。毋庸諱言，最忌打開是文革時期，不知死活的紅衛兵跑進墓內搗亂，可能把始皇氣得從棺中跳起來。

俱往矣！今天科技沒有問題了，可以做到應有的保護。更重要是向前看，雖然沒有保證書，我們看不到兵荒馬亂的將至。是的，打開始皇的墓，不僅可在地球上炫耀一下，也間接地公布，中國是個有恃無恐的國家。只兩年北京辦奧運，再兩年上海搞博覽，不知可否趕得上把始皇的墓一視天下，熱鬧一下呢？

寫到這裡，我想到作研究生時老師艾智仁給我為難的一小段往事。讀利息理論，我向他求教財富定義的一些小節。他打趣說：「他們說你是天才，要讓我考你一題嗎？」我說：「問吧。」他問：「如果你有中國人說的萬兩黃金，收藏好了，是你的。有人把你的黃金全部偷了，你自己不知道，永遠不知道，有什

麼分別呢？」我答：「我會認為自己還是那樣富有，消費繼續以富豪姿態從事。問題是這樣的消費不能持久，早晚要把黃金拿出來。如果借錢消費，銀行老兄會要求我以黃金抵押，或起碼要給他看一眼。如果他相信我，不用看，早晚中計。訊息不足的自我安慰的消費行為，不能持久。我的母親久不久要到保險箱去看一下。自己相信有但其實沒有的財富，不能真的算是財富。如果可以算，假設自己有錢的人多得很。有這樣的人，喜歡自我安慰的，但不是那麼多吧。如果我有萬兩黃金，我會放在床下，自己睡在床上。」

秦始皇的陵墓，猜想猜想，打開何止值萬兩黃金，值百億兩也不止吧。墓陵不打開，等於沒有，或等於艾師提出的例子，有萬兩黃金，給人全部偷清光也不知道，只是幻想自己有黃金萬兩，看不到，用不得，自我安慰地誇誇其談。究竟是否那樣富有？打起官司法官會說是沒有的。

始皇陵內之物是炎黃子孫的公共財富，沒有誰可以佔有，但看一下不是很過癮嗎？

始皇陵墓的經濟分析

二〇〇六年十月十三日

　　執筆寫此文時，拙作《是打開始皇陵墓的時候了》只一個網站的點擊逾二十二萬，跟着的《如果我是秦始皇》點擊逾五萬。以為熱鬧過了，寫了兩篇之一的《何謂自由經濟？》，要與聖誕權過癮一下，正要動筆寫「之二」，卻想到自己既然是經濟大師（一笑），竟然沒有提及打開始皇陵墓對西安的經濟有什麼影響，對中國整體又有什麼影響。於是急急腳地掛個電話到佛山給李俊慧，要她在網上找些西安旅遊數字，一些兵馬俑的觀者數字，跟着漏夜趕科場，寫此文，以饗讀者也。

　　西安無疑是旅遊重點，遊客天文數字。去年二千四百多萬，其中只七十七萬六千是外賓，也了不起。遊客給西安的總收入，去年一百七十八億多，其中神州客每人平均消費人民幣六百二十，外賓人均消費則四千二百。奇怪，兵馬俑的參觀者只有總遊客的百分之八，可能因為變化不多，見面不似聞名也。想來那七十七萬多的外賓，大多數會參觀兵馬俑。這樣算，

炎黃子孫對此俑的興趣更少了。

打開始皇陵墓是另一回事。有什麼奇形怪狀的東西在那裡不得而知，但墓地廣大五十平方公里，就算空空如也，在墓內行一遍也值錢。我於是想，進入陵墓，每人收費人民幣五百，偏低的，每年會有多少遊客進去呢？跟着想，人太多，應接不暇，每年可以讓多少人進去呢？我於是想到如果安排得好，每年大約可以秩序井然地接待五百萬參觀人次。那大概倍於黃山或周莊。容易達到每年五百萬參觀者，要排隊，而如果我是西安的主事人，會給外賓優先參觀權，再應付不了就加價。

每位入場費五百元，五百萬觀者的每年收入是二十五億，以長線利息率五厘算，陵墓打開了，門票收入的現值是五百億。可觀，但不驚人，比不上半個李嘉誠，何況開發陵墓要費用，保護文物與招待訪客也要費用。但如果我們算進遊客增加對西安帶來的經濟利益，倍為可觀容易。不管怎樣說，打開始皇陵墓給西安帶來的經濟利益，遠超打開陵墓及維修保養的所有費用。

從西安本身的利益看，打開陵墓是一盤了不起的生意。但中國整體又怎樣看呢？遊客到西安的會增加，每位遊客的消費也會增加。然而，大部分是中國本土的遊客，這裡加那裡減，總遊客消費會增加，但沒有只算加不算減那麼高。外籍遊客則加多減少，甚

或加了西安再加到中國其他地方，所以應該優先接待，不用他們排隊了。

從國家整體看，打開始皇陵墓的最大利益，可不是上述的加加減減，而是在相對的形勢上，打開陵墓，有不少機會讓西安回復到楊貴妃時代的繁華。唐玄宗地下有知，怎樣想無從猜測，但北京要開發西部，要把西部的經濟搞起來，打開始皇之墓有助，對西部的發展有貢獻。

秦始皇當年做夢也不可能想到——我們今天只略加一點想像力就可以想到的——打開他的陵墓，搞起西安，使之成為一個經濟重鎮，間接地促長了洛陽、鄭州、開封等的活力，因而協助了中國西部的發展。邏輯是沒有問題的，但要達到這牽一髮而動全身的效果，我們的想像力可能有點誇張。

秦始皇真的那麼厲害嗎？有可能，但要打開陵墓，將來的歷史才可以作出判斷。不賭這一手愚不可及！

學問無界說：
我可沒有帶着鋤頭跑到西安去！

二〇〇六年十月二十四日

　　不久前發表一連三篇關於秦始皇陵墓的文章——建議打開該陵墓——傳到不少網站，其中一個點擊四十八萬，吵、吵、吵，罵、罵、罵。一些媒體要訪問，皆謝絕。不知受了什麼詛咒，我老是無端端地惹來爭議。不始於今天，三歲起有什麼風吹草動，家中人都指着我，罵個半死：「阿常？一定是阿常那個衰仔！」進入了大學本科，同學說，整個女生宿舍天天在談史提芬——可惜沒有一個曾經看我一眼。進入了研究院，一次考試弄錯了題目，答非所問，是大試，考生用號數，不落姓名。一位教授讀卷後，說：「這個考生從腰間開槍，一定是史提芬，給他個『A』吧！」

　　這次「墓」中闖「禍」，雖然風水先生說是大吉大利（一笑），但無妄之「災」來得那樣神奇，恐怕上帝也解釋不了。建議打開始皇陵墓是個人之見，邏輯井然，但有個人的祖先價值觀存在，看法各各不同，我看我的，你看你的，我可沒有帶着鋤頭跑到西安去！

335

　　然而，同學說，某市（可能是洛陽）某報寫道，我的「開陵」建議引起考古界發生地震，有考古先生批評我撈過界云云。我當然不是考古專家，嚴格來說沒有一門專業。搞藝術，知道其中有法門，有哲理；搞科學，知道其中也有法門，也有哲理。二者是提供兩個角度看人類的智慧。搞了二三十年後，五十多歲時，知道二者其實沒有什麼大分別，法門與哲理可以一般化。分門別類的學問各有各的細節，掌握了一門的細節就成為專家，但這不是學問的大道。

　　考慮打開始皇陵墓，是重要話題，技術的細節我不懂。我只是假設技術上在可見的將來不會有大突破，再假設該陵墓早晚要打開。在這兩個假設下，回顧歷史，今天打開是最佳時機。再從經濟利益那方面衡量，扣除所有成本純利益肯定是正數，而推廣到「界外效應」，對國家整體的利益有機會極為可觀，但不打開陵墓，估計整體利益只是紙上談兵。

　　關心中國的發展多年，不敢胡亂建議什麼。我認為考古專家要站出來，考慮上述提出的第一個假設：技術上，在可見的將來會否有大突破？如果沒有，今天的技術有什麼不可以解決的？這些問題專家們應該知道答案，可惜到目前為止，我偶爾讀到的專家言論，一般沒有說服力。

　　說學問無界，是衷心話。身在其中，胡亂摸索，人類的知識無疑是汪洋大海。但如果我們能置身其

外，把學問的整體濃縮起來看，不論細節，人類積累下來的智慧其實不多。求學問，我們有時要跑進去，有時要走出來。進進出出了若干年，最終的體會是學問無界。

細節是有界的，大道沒有。十多年前在一個小拍賣的預展中，場地簡陋，有三個老頭子在細看一幅據說是明人徐渭的書法。這類小拍賣贗品甚多。老頭子們認得我的白髮，問：「大教授呀，這幅徐渭是不是真的？」我細看了一陣，說：「是真的，假不了。」原來他們早就知道是真貨，要考我一下，很有點不相信一個經濟學教授可以一眼看出來。他們跟着解釋如何鑑定，細節學問的深入令我拜服。他們是專家，我不是。我是跑了出去再回頭看：那幅書法有明人味道，而亂寫一通的書法，寫得那樣自然的，整個明代只有一個徐渭。

非常佩服那些在學問上深知細節的人。最近知道一位對某種古物的細節知得多而深入的老頭子，天下可能只此一人。很想請他到我家小住數天，求教求教。回應是太老了，行動不便。他住在遙遠的地方，不知有沒有機會讓我找上門去。

求學問，論細節要分門別類，說大道則沒有派別之分。

龍的故事

二〇〇六年十二月八日

　　不久前上海外國語大學教授吳友富，建議重新建立國家形象，說「龍」被西方認為是一種充滿霸氣和攻擊性的龐然大物，對中國的形象不利，要考慮修改。一時間網上大吵起來。絕大部分網友反對改變以「龍」作為中國的標誌，但如果一定要改，網友首選鳳凰，次選熊貓，三選雄雞。

　　朋友，一個國家可以選國歌，或改國歌；可以選國旗，或改國旗；可以選國花，或改國花。如果需要我們可以選國獸，或改國獸。龍老兄可不是國獸，絕對不是，從來沒有人選過。牠是從炎黃子孫的文化發展中自己跑出來的，不請自來也。既非選出，無從取締。昔日文革革之不掉，他朝核彈炸之不死也。只要炎黃子孫沒有死盡，龍會活在他們的腦子中。

　　吳友富教授應該比我年輕，沒有在西方勾留過很久吧。我曾經在北美生活過二十五年，知道那裡的教育沒有說中國的龍是霸氣十足的。正相反，在無數的卡通電影或手繪漫畫中，中國的龍是可憐蟲：有時搖

尾乞憐，有時像小丑，有時被小老鼠追得叫救命，有時是隻腹大頭小的蠢東西，在肚子上用正楷大寫**CHINA**，被紅鬚綠眼的小個子侮辱得欲哭無淚——有時被戲弄得淚如雨下也。永遠是那副可憐相，但西方的孩子們還是喜歡牠，因為牠沒有吃過任何人。

我不想在這裡說不堪回首的往事。炎黃子孫自己不爭氣，龍於是受到無妄之災，被羞辱一番無可奈何，很有點活該。今天，炎黃子孫站起來了，老外於是思龍而生畏乎？若如是，也很有點活該。

龍無疑是中國文化的一個重要象徵，代表着一種尊嚴，一種智慧，一種活力。上古的龍是一條四腳蛇，在古玉件與古陶器中出現過不知多個千萬次。究竟那四腳蛇的形象從何而來，眾說紛紜，莫衷一是。我自己「考古」所得，不會被接受的，是恐龍在神州存在到人類文化開始之後，而龍可能從恐龍變化出來。這樣說，與西方恐龍專家之見相差二十萬年。但我曾經見到一件中國的小玉件，很古的，起碼數千年，形象是恐龍，錯不了。

數千年來，龍當然不是真有其物，其形象轉變過無數次。從四腳蛇轉為近於今天的龍，應該起於唐。大約十年前有人要求我鑑證一面銅鏡，圖案是唐，鎏金是唐，所以應該是唐。銅鏡上有條龍，十分精美，長的，瀟灑靈活，頭很小，足有五爪。只一次見到這樣的龍，所以當時我認為很可能是宮中專用的。幾年

前有一幅據說是唐宮的書法拍賣，專家說不是唐，因為唐代還沒有那種紙。當我見到紙上淡淡地印着的龍，與那面唐鏡上的一模一樣，叫出聲來。

宋代的宮龍有大頭，還是足有五爪——寫此文時我正拿着一件宋定窰，細看上面的龍。眼睛、口、面皆難看，且模糊不清，想來是龍頭從小轉大的過程中的思維掙扎吧。我們今天常見的龍，大約是元代定形的。元代的龍足有三爪，明代加一爪，清代再加一爪，而後者是我們今天說的「五爪金龍」了。

是奇怪的文化。從上古的四腳蛇到今天的大頭五爪，不管經濟發展如何，中國的龍的形象變化，大變小變無數次，永遠是向威猛與瀟灑這兩個方向走。為什麼這樣，每一變代表着什麼，是湛深的學問，我不懂。

不是真有其物，所以龍的形象容易改。重要的問題，是中國的文化歷來均質（homogeneous），保守，可以不改不會改。犀牛是個重要例子。此牛在神州大地絕跡了五千年，但我有一件龍山文化的黑陶犀牛，其形象與清代的瓷犀牛完全一樣，一絲不改。事實上，無論是青銅或陶瓷的犀牛形象，在中國從來沒有改變過。早就絕跡，但保存下來的形象一絲不改。

深入地解釋龍的形象變化，會使我們多些了解自己的文化吧。

《千字文》想像考

二〇〇九年十二月二十二日

　　故老相傳的《千字文》是一篇文學傑作。很有點發神經，因為要用一千個不重複的字。年幼時我背誦過，比我年長的讀書識字的炎黃子孫沒有一個不背誦過吧。歷代書法家試書《千字文》是慣例。故事說南朝的梁武帝命才子周興嗣作《千字文》，一夕寫好，鬢髮皆白，當然不可信。找到的記載說：

　　「相傳，梁武帝蕭衍命周興嗣從搨取王羲之一千字不重者編為四言韻語而成。《尚書故實》稱：『興嗣一夕編綴進上，鬢髮皆白……右軍孫智永禪師自臨八百本，散與人間。』既要不用不相同的字，又要從王羲之遺書中搨出的千字組成，還要使之成韻，一夕而就，恐難盡信。許是讚揚周興嗣過人智慧與出眾的才華，才有此說。

　　「周興嗣（？—521）南朝梁陳郡項（今河南沈丘）人，字思纂。」

　　我賭讀者猜不中為什麼一時間我對《千字文》有

興趣，要考查該文的來歷。據說《千字文》歷來有多篇，我的興趣是周興嗣那篇膾炙人口的名著。事情是這樣的，不久前我見到一個玉壺，很大的，自己認為不可能錯的判斷，該玉壺屬漢朝文物。絕對是：開門見山是漢白玉之作，舊了色暗，雕工精美，風格無疑問是漢，也篆刻說是漢。奇怪，壺上有非常到家的篆書刻上一副對聯，右刻「劍號巨闕」，左刻「珠稱夜光」。這是周興嗣的《千字文》的其中兩句，但漢朝的末日要比周才子早上五百年，是搞什麼鬼的？

當然，周氏大可套用五百年前的古人之句，譜入他的傑作，但我想到一件事，可能重要，就把這發現對一位也稱得上是小才子的江小魚說了，請他追查《千字文》來歷的典故。過了半天，小才子傳來他找到的資料，如下：

「有個流傳下來說是王羲之的書法，《王羲之臨鍾繇千字文》，真偽一直有爭議，八十年代中國還組織過鑒定，基本判斷為後人偽造。

「鍾繇是東漢三國時代的人物，漢朝滅亡十年後，他也死了。如果刻有『劍號巨闕，珠稱夜光』的物件是漢朝的，應該是東漢末期造的。

「那個書法上的千字文，有這樣的句子『宇宙玄黃。歲盈餘昃。列宿調陽。崑崗珠劍。垂蒙瞻眺。』我認為也是後人偽的。『宇宙玄黃』就是『天地玄黃，宇宙洪荒』，『昆崗珠劍』是合『金生麗水　玉出

昆岡　劍號巨闕　珠稱夜光』幾句的。

「但很可能鍾繇是寫過千字文的。而他的千字文，就包含『劍號巨闕　珠稱夜光』兩句。後來的周興嗣編寫千字文，就用到了前人一部分語句，包括鍾繇的。所以，這個物件說不定和鍾繇有關係。」

說到鍾繇，又是一個才子，了不起。這判斷是基於唐初高傲不群的孫過庭，在他的名著《書譜》中幾次提到鍾繇。令我印象深刻的有：「夫自古之善書者，漢魏有鍾張之絕，晉末稱二王之妙……」又有：「伯英不真，而點畫狼藉；元常不草，使轉縱橫。」是頂級的頌讚。伯英是張伯英，即張芝；元常是鍾元常，即鍾繇。我們今天沒有機會見到鍾繇的書法──揚本不怎麼樣，不可靠。但鍾是漢朝末期的大家，名重一時，寫得出《千字文》不難相信。

問題是，小才子提出的可能是鍾繇的《千字文》，跟周興嗣的在風格與理念上格格不入，這裡變不出來，那裡擠不進去。我認為周才子的大名版本起筆絕妙，但愈寫愈差勁，到最後來得牽強，才子不才也。

這裡我要讀者品嘗周氏千文的第一段：

「天地玄黃　宇宙洪荒　日月盈昃　辰宿列張　寒來暑往　秋收冬藏　閏餘成歲　律呂調陽　雲騰致雨　露結為霜　金生麗水　玉出崑岡　劍號巨闕　珠稱夜光　果珍李奈　菜重芥薑　海鹹河淡　鱗潛羽翔」

　　你道寫的是什麼？是寫大自然的規律。從二十世紀西方的科學方法看，寫的是經驗的規律， empirical regularity 是也。反覆重讀這段，你會覺得作者觀察力強，品味高逸，風格一致，而不論平仄只論韻腳的文體，是近於漢而不近於右軍之後的南朝，與周氏千文的後部的文風相去甚遠。所以我認為周氏千文的頭一段，可能大部分甚至全部是從漢人之作抄過去的。

　　這樣說當然是猜測，是想像，但如果猜中，其含義重要。早五百年是早很遠：意大利文藝復興的達文西是五百年前的人，你說遠不遠？這顯示着炎黃子孫的科學天分老早就了不起。我說過，中國因為「學而優則仕」，缺少了一個科學傳統，但沒有說過中國人缺乏科學的天賦。胡錦濤先生推出科學發展觀，從炎黃子孫的天賦看，有得搞，只是目前的教育制度不成氣候罷了。今天西安兵馬俑展出一把鍍上鉻的劍，那是比漢還要早的秦，而《千字文》的第一段，教的是科學方法的第一課。

　　為什麼我見到的漢玉壺會篆刻着「劍號巨闕，珠稱夜光」這八個字呢？巨闕是最好的劍，夜光是最好的珠，那麼漢代的玉雕當然是天下無敵的了。又是當時的經驗的規律！

　　（五常按：此文發表後，我有機會再看那大玉壺，發覺另一面篆刻着「金生麗水　玉出崑岡」八個字，增加了「想像考」的支持。該玉壺是漢朝文物是沒有疑問的。）

十一、啟示錄（三篇）

經濟學的傳統假設在局限下每個人會爭取最大的利益。人類自取滅亡的行為不容易在這假設下推出來。然而，從歷史的經驗看，這個結局是可能的。這組文章的第二及第三篇嘗試提出這悲劇的理論架構。

海嘯的啟示

二〇〇五年一月四日

　　海嘯殺人如麻。動筆寫此文時，人死十三萬多，但這數字只是失蹤數字的一個小比率，最終的死亡數字高達數十萬不足為奇矣！是大自然的現象，無從預測。潮來快如噴射客機，潮去速似狂龍縮舌，凡遇正襲，生命不堪一擊。

　　老外的電視說，非洲西部有一個火山島，如果爆發崩裂，海嘯會於八個小時後抵達北美，整個北美的東岸會夷為平地。該報道又說，好消息是十萬年才一次，壞消息是今天大約是十萬年。更壞的消息是必會重演，問題是時日罷了。這種報道歷來誇張，但我不懷疑大自然要怎樣就怎樣，不是人類可以更改或防止的。起碼到今天，人定勝天的說法是夢話。

　　朋友，不要為這次海嘯的遇難者悲傷吧。從大自然的角度看，他們的生命，跟你和我的一樣，無足輕重。大自然創造了人類，也可以毀而滅之。人類學的考證記載得清楚。以地球的歷史看，差不多所有生物都是曇花一現，人類的命運應該也是這樣的吧。以侏

羅紀式的時間算，人類的存在可能只是一瞬間，還可以存在多久只有天曉得。

塵歸塵，土歸土——既然來自塵土，我們總要回到塵土那裡去。這樣說，很有點宗教味道，而我認為不少宗教是從這哲理演變出來的。人類的時間是侏羅紀式的時間，什麼時候終結沒有人知道，可能是一百萬年後，也可能是明天。我們個人的時間，以地球歷史算，短得無法量度。

朋友，大自然說我們的生命微不足道，隨時可以像螞蟻般受到毀滅，而從大自然看，個人的長壽其實短得無法量度，我們要怎樣處理自己的生命才對呢？邏輯說，沒有知識的生命會選擇打家劫舍，或弱肉強食，享受一天算一天。有知識的生命會選擇工作產出，談情說愛，養兒育女，而又因為我們的腦子是萬物之靈，爭取知識，搞點創作，希望自己的思想或感情的表達可以傳世，雖然從地球的時間看怎樣傳世也是很短暫的。

是二十一世紀了，人類的知識與文化發展了起碼五千年。但我們今天怎樣選擇自己的生命路向呢？打家劫舍的比率下降了，弱肉強食在文明的招牌下，換了一隻羊頭。是有知識的工作與說愛的生命嗎？可能你和我自以為是，但應該不是大多數。

是對人類很大的諷刺。打開報章看，一些人說為了伸張正義要阻止某公司上市，另一些說為了窮人、

勞工與教師，要爭取福利；一些說為了民生要加速政改，另一些說投票會解決一切；一些說為了宗教信仰要以自殺搞恐怖，另一些說要領導世界……全部是為人不為己。就算我不懷疑他們的意圖，但從大自然的角度看，這些言論與行為皆不合乎短暫生命的理智選擇。經濟學的邏輯可以解釋，大自然的邏輯看來解釋不了。

難道上蒼有知，認為人類不理智，要來一次海嘯殺他一個數十萬？難道大自然認為什麼原子核彈是那樣小兒科，略動半個小指頭來表演一下？難道高得不可思議的連電腦也可以想得出來的人類的腦子，在更不可思議的宇宙中，其實是愚蠢得不可思議嗎？

從全球暖化說人類滅亡

二〇〇七年二月二十二日

　　最近一位同學替我在網上開了一個「五常問答室」，好叫老人家能表演一下。提問的讀者多，可惜大多數的問題沒有大眾趣味，不宜回應。一天選答一題，回應簡短，沒有大眾趣味的選不上。不少問題是同學問功課。這類常見於個人電郵，太多，答之不盡，只能選小部分回應。

　　這「問答室」的處理，要跑出課堂之外。困難是：有大眾趣味的題目，一年何來三百六十五條呢？希望有興趣的讀者能參考一下該「室」答過的問題，知道我選的是哪類題目，幫忙一下。

　　問題牽涉廣泛的，我會考慮在這裡以長文回應。一位在夏威夷的讀者，用英語出題，翻成中文如下：「你信奉阿當‧密斯。他的『無形之手』導致全球暖化。海上的冰塊正在融化。水淹地球將至。如果你有權指使聯合國，會怎樣挽救人類呢？」

　　我敬仰史密斯是衷心的。深知世事的大思想家極

為罕有，史前輩是其中一個。當師友們說我純走史密斯的路，我感到高興，也感到驕傲。但敬仰是一回事，同意是另一回事了。當年寫博士論文，我不同意史前輩的分析，手起刀落，批評長達三頁之多（見《佃農理論》三十二至三十四頁）。後來寫《經濟解釋》，我指出史密斯的一個重要失誤：他高舉自私給社會帶來的貢獻，卻輕視了自私給社會帶來的禍害。後者是說，自私可以增加交易費用。從悲觀的角度看，這後者可以導致人類滅亡。

先說一下無形之手吧。我是為公司理論畫上句號的人，而所謂「公司」者，主要是增加了有形之手。一九八一年，對交易費用有了深入的理解，我指出如果沒有交易費用，世界上不會有市場。市場是一種組織，凡是組織，必有交易費用存在，而組織的選擇是為了減低交易費用。後來科斯與阿羅都同意這個新觀點。今天，香港的中學生也略知大概了。

嚴格來說，無形之手是假設交易費用不存在，而史密斯把市場看為無形之手，有點互相矛盾。史前輩當年沒有想到交易費用那方面去。我們今天說無形之手，從新觀點看，是指除了政府監管權利界定，市場大可自由，雖然市場也用上非政府的有形之手。好些學者，像海耶克，不懂箇中道理，反對政府干預於是成為一種宗教。這些人可以大名鼎鼎，但沒有解釋什麼。經濟宗教與經濟科學是兩回事。

史密斯（國內稱斯密）主要是搞經濟科學的。從自私給社會帶來利益的角度出發，史前輩熟讀歷史，知道制度的安排在歷史上是有轉變的。他於是想出適者生存，不適者淘汰的哲理。這哲理深深地影響了後來的生物學天才達爾文。在達氏的多產論著中，我們往往見到 economy of life 這一詞。可想而知，適者生存，不適者淘汰，是為了 economy，那麼膚淺地看，生存是好的，淘汰是壞的了。

問題是「適者生存，不適者淘汰」是套套邏輯，説了等於沒説——只是提供了一個重要的角度看演變。人類滅絕，定義説是不適者，究竟是好還是壞呢？既然是不適者，滅絕，應該是好，但好在哪裡呢？這是價值觀的判斷，不是科學。達爾文當年是知道某些生物種類遭淘汰了，因為某方面有所「不適」。他當時的資料，可沒有告訴他某些繁盛之極的生物，可以一下子慘遭淘汰。是的，我説過，人類的自私可以淘汰人類，把人類滅絕，從達爾文的角度看，是不適者淘汰，遵守着 economy of life 的規律！

轉談全球暖化，冰山融化，水淹地球，若干年後人類可能因而滅絕。我相信嗎？相信的科學家愈來愈多，今天近於一致認同，我沒有資格不相信。如果全球暖化真的可以毀滅人類，可以挽救嗎？原則上可以，但需要交易費用——包括訊息、洽商與監管費用——夠低。有商有量，不難找到大家同意的方案。問題是訊息費用是大麻煩，加上人類自私，各持己見，

就是找到了同意的方案，要大家按章遵守難於登天。

地球水淹，足以毀滅人類的，恐怕是數百年之後的事了。朋友，如果沒有全球暖化這回事，你認為人類可以多活數百年嗎？說實話，我自己不樂觀。上蒼有知，多活一百年我也不敢擔保，幾百年看來有點苛求了！

想想吧，只不過是六十二年前，第一個核彈爆於日本。跟着核武競賽，只三十年後，所有報道都說人類有足夠的核武毀滅全人類好幾次，跟着近於核戰的傳言屢有所聞。今天，不能肯定有多少個國家擁有核武，而大家不難理解，有些國家顯然認為擁有核武會增加他們的安全感。這邊廂核武競賽死灰復燃，那邊廂不惜一死的恐怖活動天天有。朋友，如果核武落在不惜一死的人的手上，你認為他們會珍惜人類的存在嗎？

只六十二年就發生了那麼多的不幸的事，再加六十二年還不會有核戰嗎？三百年呢？或然率站在哪一邊不是專家也知道，思之能不愴然哉？

從悲觀的角度看，有時那些高呼地球要減溫的政客，給我有點偽君子的感受。滅絕人類的法門，核武之外還有生化、病毒等，可以隨時發生，怎還有閒情逸致去管什麼暖化的？輪到地球水浸，為時甚久，人類還存在是大幸了。我恐怕還沒有真的水浸，地球會因為人類不存在而冷卻下來，到處都是冰。

　　事生於世而備適於事。人類今天面對的首要任務，可不是約束全球暖化，而是要設法杜絕所有戰爭與恐怖活動。困難嗎？當然困難，近於不可能，而這也是因為人的自私，使交易費用過高，洽商與監管皆極難。連不互相殘殺那麼簡單的事也無從處理，人類怎還可以透過洽商來把地球降溫呢？那麼淺的問題也沒有人提出，蠢到死！

　　是宇宙的悲哀。所有科學證據，都說只有地球機緣巧合，有生物存在。當年教授說，就算有了地球的獨特天氣，生物出現的或然率，彷彿把無數磚塊拋到天上去，掉下來時剛好砌成一間房子。所有科學證據，都說在生物中，只有人類長出一個可以思想推理的腦子。是很大的諷刺。Richard Dawkins 的名著說，所有動物皆自私。我今天說，人類的自私，有很大的機會會因為腦子了得而毀滅自己。可不是嗎？如果動物的發展止於猩猩，不會有核武，不會有恐怖，也不會有全球暖化這個現象了。這樣，從達爾文的角度看，腦子了得是不適者！

　　朋友，就讓我發點牢騷吧。讓我在這裡猜測一下，先把人類歷史寫出來。要不然，等到人類滅絕，有誰會動筆呢？

世界末日好文章

二〇〇七年三月八日

　　拙作《從全球暖化說人類滅亡》於二月二十二日發表後，一個網站的首天點擊達二十萬。分析性的文字有這樣的點擊率，全憑地球滿布炎黃子孫。兩位我認識的美國經濟大師，一文只有數百至千多點擊，何況區區在下的文章有無數網站轉載。

　　同胞人多，某些玩意容易地把鬼子佬比下去。姚明出場，電視觀眾五百萬。郎朗每年演出近二百場，場場爆滿。當然了得，但同胞夠多有助焉。李雲迪每年只演出數十場，當然爆滿。我認為演出較少是明智的。

　　前些時對朱錫慶說，中國發展快，市場大，往往容許政府犯錯！公路、機場、橋樑等，新建成時沒有生意，要虧蝕，但幾年後就生意滔滔了。私人投資也可以亂來一下。九十年代中期，世界百分之十七的建築起重機集中於上海，五年內建成香港需要五十年才建好的商業樓宇面積。當時一般空空如也，樓價跌得七零八落，但略為開放金融，幾年爆滿，聽說一位香

港投資者購入銀主盤，賺了一百倍。人多，發展快，盲目投資也可獲甜頭。我恐怕有一天到了飽和情況，中計者無數。

回頭說分析性文字的點擊率，個人的經驗，爆棚主要靠兩點。其一是提出的要淺而對，其二是沒有人提出過。是非常困難的巧合，而奇怪地，愈淺，罵你的人愈多。在同學替我注意點擊率之前，有兩篇大熱。一篇寫類聚定律，說歡場女子在同一場所的相貌很平均，因為她們不能把價格掛在胸前，增加了訊息費用，所以相貌類聚。淺而新。一篇寫假貨，說好些假貨替真貨賣廣告，產出真貨的廠商不一定會反對冒牌貨的盛行。好比勞力士手錶的假貨到處都是，真貨的銷量這些年一定急升了。也是淺而新。

上文提及的較近的三篇大熱文章，其論點也是淺而新。建議打開秦陵，說如果永遠不打開，等於沒有！廣州人均年收入逾美元一萬，但沒有算進流動人口，我說是擺空城計！至於人類滅亡，則源於腦子了得成為不適者！

點擊歸點擊，文章歸文章，《從全球暖化說人類滅亡》是幾年來我寫過的比較稱意的作品。難道讀者中有那麼多識貨之人？該文涉及的學問廣泛，機緣巧合，我都學過。科學方法的要點拿得準，分析邏輯井然，而理論含意推得夠深入。不容易，要碰巧才能寫得出這樣的文章。從作本科生時說起吧。

近二十四歲才進入洛杉磯加大讀本科，超齡五六載，我要在兩年內完成四年的課程，而自己堅持要選修大師教授的課。當時在加大讀經濟本科，校方規定要選修五個學分生物學。起初選一科五個學分的動物學，進入課室，老師派了一份厚厚的講義，其中數之不盡的字彙我沒有一個認識，不對頭，知難而退。於是選修一科三個學分的人類學。教授是大名鼎鼎的 **population** 專家，不是指人口，而是生物盛衰的演變。教得好，我讀得用心。到了第二年的最後學期，要畢業了，但生物學我還要多修兩個學分。於是選修一科名為「生命的起源」（**The Origin of Life**）的，也是仰慕教授的大名了。

教授開頭說故事，好聽的，殊不知過了幾個星期，物理與化學的方程式排山倒海而來，我毫無根底，何況那些是高級的物理，高級的化學。驀然驚覺，十多位學生中，只有我一個是本科生，其他都是生物研究生。過了轉科日期，該學期畢業是無望的了。硬着頭皮捱下去，希望拿個「**D**」，算是及格。

大考五題，懂其一，略知其二，餘下兩題完全不懂。殊不知放榜成績是「**A**」！去問教授何解。他說我不懂的兩題其他同學也不懂，我略懂的兩題他們也略懂，我懂的一題答得最好是我！那是關於生物 **population** 是如何決定的。我只是從選修過的人類學那科搬過去，簡單地寫下一條方程式，整個答案只幾句。

　　這樣的生物進化根底當然微不足道，但畢竟是受到兩位高人的教誨，得到啟發。從這啟發中我想，既然無數的生物不復存在，人類會不會有滅絕的一天？過了幾年，美國太空人成功地登陸月球，我想，終於有一種生物可以憑腦子發達而增加自己的生存機會了。這想法不持久。

　　為了寫博士論文，我從頭細讀史密斯的《國富論》，知道達爾文的進化論是受到此公的影響。然而，史前輩所說的農地制度演變的史實是明顯地錯了。跟着中國的人民公社與文革的經驗，使我意識到制度的演變不一定是向增加人類生存機會那方面走。

　　人類會否因為自己的愚蠢而毀滅自己呢？愚蠢？人不是萬物之靈嗎？就是再蠢也比其他動物的智力高出不知多少倍。史密斯不是說人的自私會給社會帶來利益嗎？Dawkins 不是說為了生存，所有動物都有自私的基因嗎？但中國為什麼會有人民公社，會有文革，香港怎會有數十年的租務管制？人類怎會不斷地互相殘殺呢？答案只有一個。自私無疑可以給社會帶來利益，但自私也可以增加交易費用或社會費用，只要這些費用因為自私而變得夠高，人類可以毀滅自己。在這樣的局限下，人類因為腦子了得，發明了可以毀滅自己的武器，有不少機會會因為自私增加了交易費用，導致宇宙沒有出現過的生物自取滅亡。只有人類可以做到，因為只有人類才有足以毀滅自己的「智慧」。

六年多前動筆寫《經濟解釋》，刻意地追隨史前輩，不用任何方程式或曲線。理論架構起自他的，不少地方替他改進；不夠精確之處也容易改進；歷史的經驗與實例的觀察，晚輩優勝理所當然。問題是史前輩重視自私給社會帶來之利而漠視其害，忽略了交易或社會費用這項重要局限，後輩補充要大費思量。

重要的突破是寫《經濟解釋》時，我察覺到「適者生存，不適者淘汰」是套套邏輯（tautology），是定義（definitional）上的事，不可能錯，但說了等於沒說，本身是沒有解釋力的。然而，科學方法說，套套邏輯雖然沒有解釋力，因為不可能錯，但往往提供一個重要的角度看世界，懂得加進內容的可以憑這角度推出可以被驗證因而有解釋力的理論來。

我於是加進兩項局限：腦子了得可以發明毀滅自己的武器，自私會增加交易或社會費用。這樣看，腦子了得不會毀滅人類，自私也不會，但二者的合併，人類自我毀滅絕對可以發生。不適者淘汰這個套套邏輯還是不可能錯的。

十二、結語篇

從賣桔者的角度看經濟大師的貢獻

二〇〇九年十二月二十九日

森穆遜（**Paul A. Samuelson**，國內稱薩繆爾森）謝世了，享年九十四。三年前佛利民（**Milton Friedman**，國內稱弗里德曼）謝世，也享年九十四。米爾頓我很熟，保羅只是認識，不熟。兩個多月前在廣州與森大師的最佳弟子蒙代爾把酒話舊，提到保羅，蒙兄說正在考慮怎樣處理保羅本人不大喜歡舉行的九十五歲生日的大慶。天公不作美。

不打緊吧。論到經濟模型的創造古往今來沒有誰比得上森穆遜。桃李滿門，他起碼有五個學生拿得諾貝爾獎，可能還有幾個，芝加哥的奈特比不上他。佛利民與森穆遜的爭論是二十世紀經濟學的熱鬧話題。大家在生時佛老的聲望佔了先機，但最近森老謝世，排山倒海而來的追悼文字卻比三年前佛老謝世時的轟動強一點了。我對二師的相對形勢在他們身後倒轉過來有兩方面的解釋。一方面，麻省理工的經濟學人馬來得一致、均勻，且歷久不衰。另一方面，金融危機出現後凱恩斯學派再抬頭，而森氏是這學派的中堅人

物。話雖如此，我認為佛、森二師孰高孰低的爭議還會繼續下去，輿論上誰勝誰負要看世界怎樣發展來決定了。

無數評價森氏的文章，頌讚無疑是大多數。有兩篇唱反調，很難拆解。這兩位作者指出森氏平生對宏觀經濟（森氏的專長）的推測，錯的多，對的少，其中一位直指森氏沒有對過一次：his predictions have invariably been wrong（他的推測毫無例外地錯）。他們引經據典，下足注腳，真的水洗不清。尤其是，森氏歷來看好昔日的蘇聯與東歐的發展，說一九九○年蘇聯的人均收入會追及美國。就是到了蘇聯解體前兩年的一九八九，森氏還認為那裡的經濟前途無量。早幾年的一九八五，蘇聯的經濟潰不成軍，但森氏寫道：「不要被他們的不足之處誤導。任何經濟都有它的矛盾。重要的是效果。毫無疑問，蘇聯的計劃制度歷來是經濟增長的強力引擎。」這樣的話，類似的說過幾次，白紙黑字地發表了，怎還可算是經濟大師呢？經濟學的重點是解釋現象，而解釋與推測是同一回事——雖然有事後與事前之分。究竟發生了些什麼事？

不少讀者及朋友要求我表達對森氏的評價。我認為天才是沒有疑問的，說是經濟大師也當然。但我認為森氏不是搞經濟解釋的。他本人認為是，我認為不是。在一門複雜的學問的一條路上他走得很遠，遠過歷史上的任何人。為此我曾經在一篇文章中表達過我

的仰慕。然而，經濟學有好幾條路可以走，走其一而又要佔有其二、其三會惹來麻煩。四十一年前，在芝大，夏理‧莊遜（H. Johnson）催促我多學數，認為走森穆遜的路我也會走得很遠。細心考慮後我選走另一條路。我認為經濟學需要有森氏那樣的學者，可惜他對後學的影響一般不是那麼好。搞純理論能搞出大成的歷來不及一掌之數，不自量力的多若天上星。能在名學報多發表文章不等於在思想史上會有半點立足之地。搞純理論不容易搞出可以傳世的貢獻來。

跟無數學子一樣，作本科生時我也讀森氏的《經濟學》。這本最暢銷的教科書出了十九個不同的版本。我認為最好是第四版，今天還珍藏着兩本。這本書創立了教科書的典範，仿而傚之的作品擴散到所有科目去。初級課本，概念的處理不深入，而凱恩斯的宏觀經濟分析，沒有寫出來的局限假設與真實世界大有分離，誤導了學子。但學子容易學，老師容易教，於是暢銷。

作研究生時我喜歡讀森氏的專業文章。他推理清晰，邏輯前後一貫，永遠不拖泥帶水，在當時的讀物中是表表者。雖然我不同意他或明或暗的局限假設，但有新意而又邏輯井然的理論讀物不容易遇上。後來在西雅圖華大跟巴賽爾談及森穆遜，大家同意讀森氏的文章不用擔心邏輯出錯，或假設轉軌，或前言不對後語。換言之，讀森氏的文章，只要知道他的假設，讀者不會中計。一九四八年森氏出版的《經濟分析基

礎》(*Foundations of Economic Analysis*),滿是方程式,幸或不幸,是二十世紀後期數學經濟大行其道的主要原因。森氏的其他文章就遠沒有今天見到的後學的那麼多方程式了。森氏不論,滿是方程式的經濟文章的普及發展,有幾個原因,我認為決定性最大的是這些寫手寫不出好英文!好些人不知道,非經濟的散文,森穆遜寫得非常好。高傲,鋒利,幽默,但寫起散文森氏有情感。

毋庸諱言,我認為《基礎》一書引起數學方程式在行內普及是不良效應。三十多年前,我的一位優質學生被史德拉(**G. J. Stigler**)賞識,要請他到芝大去,說要監管他學數。該學生問:「數學對經濟真的那麼重要嗎?」史氏回應:「只有傻子才會這樣問。經濟學行內不用數而還能站得住腳的只有艾智仁、高斯、張五常這三個人,你把自己放在哪裡?」該學生對我說了,心中有氣,我說:「史德拉的數學水平是不需要怎樣學的。」

最近讀到關於森氏的評論,其中提及盧卡斯(**R. Lucas**)大讚森氏的《基礎》對他的影響,跟着說沒有方程式的經濟文章得個講字,廢物也。盧兄是過於高傲了。不知他會把史密斯放在哪裡呢?十九世紀的理論第一把手馬歇爾與二十世紀的第一把手費沙,皆數學出身,但他們的經濟論著很少用數──基本上不用。

一九六九年,後來獲諾獎的 **V. Smith** 對我說,沒

有方程式他不懂得怎樣想。這是他的法門，但我認為以方程式思考是多了一個框框，不宜用於道理不深但變化複雜的經濟學。當年在西雅圖華大，諾斯、麥基、巴賽爾等同事認為我的思想變化自如，無須學數，是全面革新經濟理論的人選。當時我可以自己發明數學。想通了問題，要加進方程式來粉飾一下，自己可以發明，再不然找些數學書參考。可惜自己發明的方程式雖然對，但不雅觀，被一位數學同事指責了，於是再也懶得發明。後來巴賽爾在文章中提及，當年他教我統計學的回歸分析只教了兩個小時，說沒有見過這樣的學生。這些是說，除非選走阿羅、森穆遜等人的路，數學用於經濟不是那麼重要。但要走阿羅及森穆遜的路，談何容易？天賦需要上蒼賜予，不是數學懂得多就會有作為的。然而，阿羅應該知道，他用數推出來的我不用數也可以推出來。不知有誰敢賭身家，讓老人家表演一下（一笑）。實不相瞞，經濟推理鬥快，鬥準，用數的鬥不過我。

人各有法，如果要用數我是先想通了，有了答案，才考慮要不要用。我的經驗說，想通了再用數證是多此一舉。楊小凱曾經把我一九八三年發表的《公司的合約本質》翻為方程式發表，後來知道史提芬・張就是張五常，嚇了一跳。究竟是誰先拔頭籌了？是我的文字公司還是小凱的數學公司有機會傳世呢？

小凱曾經指出，一位森穆遜教出來的名家把我一九六九發表的《合約選擇》翻為方程式表達，說如果

我懂得用數會獲諾獎。小凱可不知道，那篇數學譯作是經我評審而發表的。評審時我察覺到該文的數學在概念上有一個嚴重失誤，無可救藥，但錯得有趣，就對學報的老編說了，建議發表。後來陳坤耀推薦一位韓國仔到港大經濟系講話，講的又是佃農分成合約的選擇，上述的名家的錯失頻頻出現。我指出，說他的整篇文章完蛋了，舉座嘩然，韓國仔講了十分鐘就鳴金收兵，很尷尬。可見數學用錯是連普通常識也沒有的。

這就帶來本文的中心話題：一個賣桔者怎樣看森大師的經濟學貢獻呢？先從科學方法衡量吧。森氏曾經與佛利民大吵科學方法，而高斯又跟佛老吵過。我的科學方法師從 R. Carnap 與 K. Brunner，也加進自己的，認為上述三師的爭議原則上沒有衝突，只是重點的處理有嚴重分歧。高斯和我走的路是賣桔者的堅持：解釋現象要從調查真實現象入手，要知道現象的細節，雖然有時我投訴高斯花太多時間於不大重要的細節上。另一方面，如果要推測某現象的出現，我們要調查有關的局限轉變，而細節也盡可能要顧及。換言之，高斯和我的立場，是解釋或推測世事我們首先要從調查真實世界入手。

森穆遜的立場，是作為一門科學，論方法，經濟與物理（後者是他早年的興趣）沒有兩樣，理論可以推測還沒有發生的現象，略知真實世界的大概就可以創造理論來推出其他或整體。在科學方法上我認為他

的想法沒有錯，只是他忽略了經濟科學的實驗室是真實的世界，而自然科學的卻有人造的實驗室。一個經濟學博士從來沒有進過人造的實驗室，對真實世界的認識很皮毛：讀讀刊物，找些機構發表的數據作統計分析，就算是對真實世界有所認識了。我認為沒有作實地調查的經濟實證，遠為不足，是經濟學對世事的解釋或推測頻頻出錯的主要原因，而為彌補不足，動不動創造新理論，是錯上錯。

是的，我認為森前輩在經濟推斷上的失誤，起於他對現象的細節知得少，何況數學的思維永遠要把世界簡化。我不是說不應該簡化世界——任何理論的本質是簡化世界——而是我認為這簡化先要有深入的真實世界的細節調查。不要誤會，我不是說森氏不知世事。他知很多，記憶力上乘，但需要落手落腳的實地調查他沒有做，重要的細節他往往忽略了。

舉個例。森氏高舉昔日的蘇聯計劃制度：那裡的政府發表的增長數字歷來可觀。一九六九年，西雅圖華大的一位女同事到莫斯科一行，發覺那裡賓館內的枱燈重得拿不起，推不動。原來蘇聯當時對枱燈產量增長的統計，以重量算！又例如，森氏當年高舉瑞典的福利經濟，指出那裡的人均收入不下於任何先進之邦。一九九〇年我到瑞典時，找那裡唐人餐館的老闆細問，知道他們的層層抽稅加起來的總稅率奇高，而政府樂善好施的社會福利，對國民收入貢獻的算法是由政府主持。看看那裡的物價，看看那裡的食品市

場，我認為那裡的居民不容易吃得飽。

我們不容易在森穆遜的作品中衡量他對經濟學的基本概念——例如成本、租值、價格等——的掌握達到哪個水平。他的暢銷課本沒有提供深入的討論；他的《基礎》經典滿是方程式；他的學術文章着重於創造模型。我認為森氏高舉的凱恩斯對經濟學的掌握不到家。

曾經說讀不懂凱恩斯的《通論》。這是客套話。凱氏對不可或缺的價格理論沒有足夠的掌握。例如他假設工資下調有頑固性。工資下調當然比工資提升困難，但最低工資法例與工會勢力的左右，是不應該忽略的局限。更重要是除了政府的機構僱用員工，自由市場的工資合約很少採用老生常談的時間工資合約：件工、分成、時間工資加分紅或加佣金，等等，皆普及，而這些合約的工資下調是沒有困難的。凱氏顯然也不明白，邊際產出等於工資的均衡，是競爭下的後果，不是他筆下的假設。凱氏也漠視了那所謂「均衡」只是一個概念，不是真有其物，而不均衡是說理論的假說沒有可以被事實驗證的含意。更難明的是：凱氏說的儲蓄（saving）有儲藏（hoarding）之意，有小孩把錢放進撲滿（piggy bank）的味道，使無數學子以為看到了皇帝的新衣。耶魯大學的費沙與凱恩斯是同期的人，前者的儲蓄及投資的理念遠為優勝。這兩位大師各走各的路。

可能受到他的老師森穆遜的影響，最近克魯格曼發表的專欄，直指美國削減最低工資不會對就業有助，對經濟無補於事云云。克大師顯然不知道最低工資的規限是一種價格管制，不知道產品市場與生產要素市場是同一市場，只是合約的安排有別。我的意識是麻省理工的經濟系教深不教淺。

沒有誰會那樣傻，認為政府大手花錢毫無效應，或財政政策（fiscal policy）對經濟不景的幫助是零。佛利民那邊反對，因為認為這類政策治標不治本，浪費多，惹來的大政府後患無窮也。財政政策容易被接受，因為表面上有淺道理，也容易獲得壓力團體的支持。知識上的影響也厲害：前有聰明蓋世的凱恩斯，後有智商頂級的森穆遜。這兩位鋒芒畢露，是二十世紀經濟學者中足以把行家們嚇破膽的人物。可惜天賦高不一定對。

金融危機以還，中國的經驗也誤導了地球人類。中國復甦得快，地球的人頻頻指着北京的四萬億花得快。我是不同意這觀點的。我也認為跟三十年代不同，大政府今天不容易捲土重來。今天，地球上要活下去的窮人太多，哪個國家推出大政府，哪個國家在競爭下會敗下陣來。

回頭說那天晚上在廣州跟蒙代爾煮酒論英雄，談到森穆遜，他認為保羅的模型創造技巧天下無匹，缺少了的是有廣泛深遠影響的思想（no sweeping idea）。這評價應該對。若如是，森氏在將來的經濟思想史上不會有一章的篇幅吧。

新賣桔者言

作　者　　張五常

封面攝影　　張五常

書底篆刻　　徐慶華：夜深長見斗牛光燄

總 編 輯　　葉海旋

編　輯　　王陳月明、譚芷茵

設　計　　陳艷丁

出　版　　花千樹出版有限公司

　　　　　　地址：九龍深水埗元州街290-296號1104室

　　　　　　電郵：info@arcadiapress.com.hk

印　刷　　海洋印務有限公司

初　版　　二〇一〇年一月

第 三 版　　二〇一一年五月

I S B N　　978-962-8971-99-2

ARCADIA PRESS　花 千 樹